講談社文庫

宇宙小説

we are 宇宙兄弟！ 編

JN283730

講談社

space……

目次
contents

Let's go to

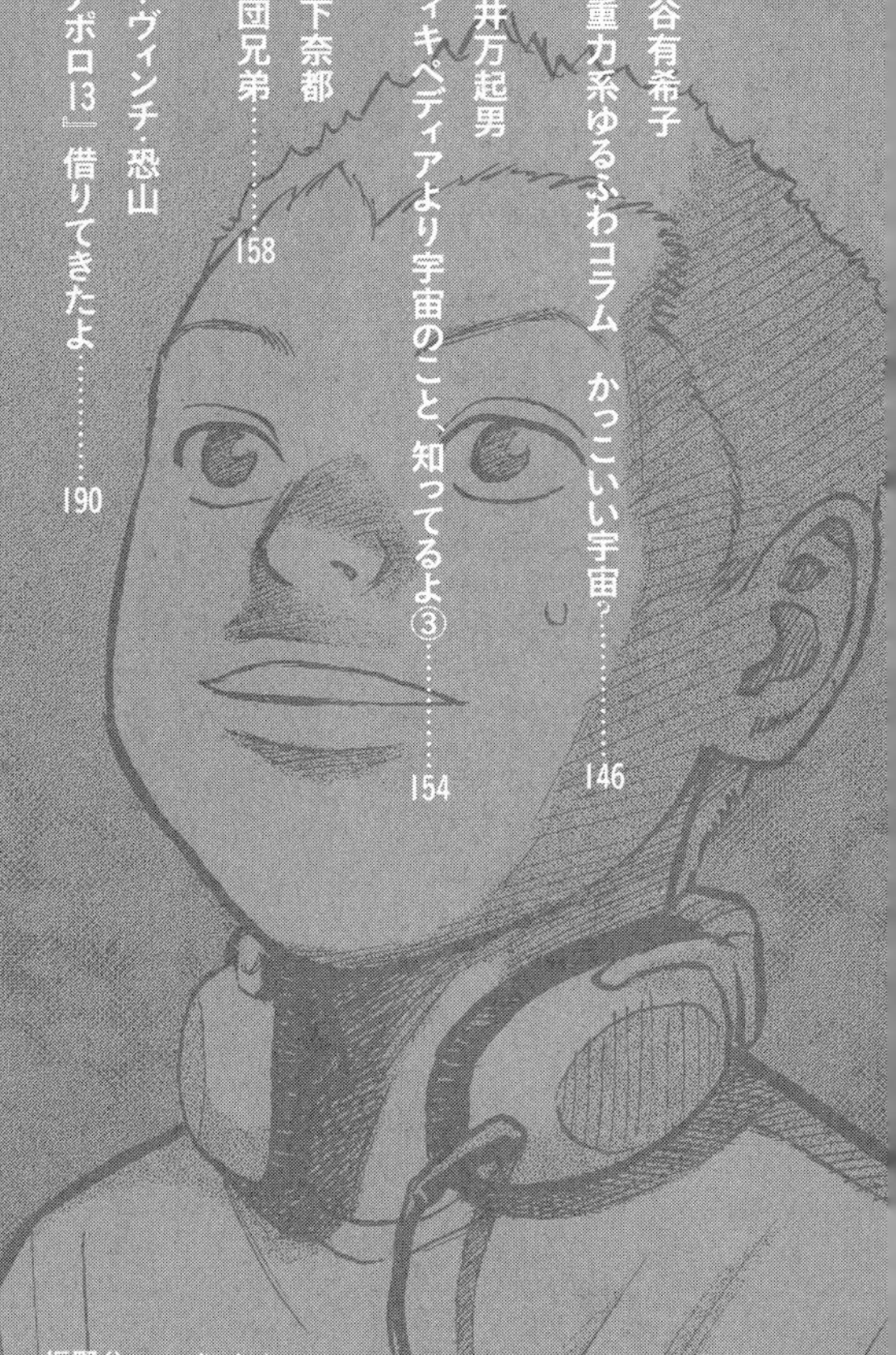

イラスト　小山宙哉／ブックデザイン　坂野公一（welle design）

brother!

宇宙小説

1992年の秋空

辻村深月

つじむら・みづき／
代表作は『冷たい校舎の時は止まる』
『ツナグ』で第32回吉川英治文学新人賞を受賞。
最新作は『水底フェスタ』。

宇宙姉妹 一

Let's go to space, sister!

はるかは、『学習』。

うみかは、『科学』。

学研の『科学』と『学習』の発売日は、給食調理室の前に長蛇の列ができる。列を素通りして教室に向かう子たちもいるけど、学校で買い物ができるこの感じは、いつもの朝とはまるで違って、格別にうきうきする。

「はるか、おはよ」

「あ、おはよ」

振り返ると、同じクラスの美菜《みな》だった。アダ名はミーナ。手には、お金入りの封筒。封筒には、四月から順にマス目が並び、『科学』と『学習』それぞれに○をつける欄がある。どちらを買うかチェックして合計金額を書き入れ、係の人に渡すと、その人が学年と内容を確認して本を渡してくれる仕組みだ。ミーナのも、私と同じく

『学習』の方に〇がついてる。

見回すと、私と同じ六年で、すでに『学習』を受け取って歩いている子が何人かいた。姿を確認したら、うずうずした。今『6年の学習』に載ってる漫画の続きが、先月から楽しみなのだ。高学年になってから、『学習』には、恋愛が中心の、絵がきれいな漫画が載るようになった。家に帰れば、もちろん『りぼん』や『なかよし』は読めるけど、先生に怒られることなく学校で大っぴらに読むことができる漫画はそれだけで価値が違う。気持ちがはしゃぐ。

「今さ、『5年の学習』でやってる漫画もすごく面白いよね。早苗《さなえ》ちゃんの妹が買ってて、この間家に遊びに行ったときに見せてもらった」

「え、ほんとに？」

「うん。六年のに比べたらまだ子供っぽいけど、絵もきれいだし。――はるかのとこ、うみかちゃんが買ってないの？」

「あ」

私は、目の前でさっきから黙ったまま並んでるうみかの後ろ姿を眺めた。うみかは、私の年子の妹で小学五年生。だけど、絶対に『学習』を買わない。

「うみかちゃんは、『科学』なの？」

一足先に順番が来て、うみかが係の人からお金と引き替えに『科学』を受け取る。『学習』に比べて大きくて分厚いふろくの箱は、今回は何が入っているんだろうか。

私は慌てて、小声になって言った。

「うみか、ちょっと変わってるんだよ。『科学』の方がいいんだって」

本を受け取り、私たちの方を振り返ったうみかが、ミーナに向けて「おはよう、美菜ちゃん」と挨拶する。

お母さん似のくっきりとした二重瞼《ふたえまぶた》がちょっと分厚い。この瞼のせいで、うみかはいつ見ても心が半分ここにないように、とろんと眠そうに見える。私がお父さん似のキレ長の一重なのとは全然違う。髪も、私はバレーの邪魔にならないように短くしてるけど、うみかはいつから切ってないのかわからないほど異様に長いままだ。たまにそろえるらしいけど、それ以上は切らせないんだって、お母さんが困ってた。

最近一〇〇歳の双子のおばあさん、きんさんぎんさんが流行ってて、そのそっくりぶりとか仲の良さについてテレビでよくやってるけど、うちは全然そうじゃないなあって、観てて思う。向こうは双子で、私たちは年子で、その違いはもちろんあるだろうけど、たとえば初めて会う人が私たちを見て、すぐに姉妹だって気づけるかどうかは微妙だ。外見も、中味も似てない。

夢見るような足取りで、『科学』を受け取ったうみかが、ふらふらと自分の教室に歩いていく。

その姿を見送った後で『学習』を受け取った私は「あー、早く読みたい！」と教室に着くのももどかしく、ページをちらちらと開いた。すると、ミーナが言った。

「うみかちゃんてさあ、しっかりしてるよね」

その声に、私は「え？」と振り返る。

「しっかりしてる？　うみかが？」

「なんか、あんまり年下っぽくないっていうか、かっこいい」

「ふうん」

うみかが年下っぽくない、ということの方はわかる。あの子は普段、すぐに口答えしてくるし、かわいくない。生意気だっていうならわかるけど、かっこいいは言い過ぎだ。ミーナが続けた。

「『科学』ってあんまり読むとこないよね。漫画も恋愛とかない真面目なのが多いしさ。低学年のときはふろくで選んでたりもしたけど、うみかちゃん、自分があるって感じ」

「そうかなあ」

入学した最初の頃、『科学』と『学習』どちらを買うかは私も半々ぐらいだった気がする。だけど、学校の図書室に並んでる過去の『科学』と『学習』は、上の学年に行くにつれ、『学習』の方がボロボロだ。漫画を通じてみんなと盛り上がれるっていうのはやっぱり強い。うちのクラスでも、『科学』を買ってる子はほとんどが男子で、女子はあまりいない。

だけど確かに、うみかは昔からずっと『科学』だった。

両親に本屋さんや大きな図書館に連れていかれても、私が真っ先に小説や漫画のコーナーを目指すのと違って、うみかは、『サイエンス』とか『人体』とか『自然』と書かれた棚の前に長い時間立っている。一番好きなのは、『宇宙』のコーナー。難しそうな『ホーキング、宇宙を語る』とか『マンガで読む相対性理論』とかいう本を、何時間でも読んでる。試しに私も何回か横から覗いてみたけど、よくわからないし、すぐに飽きてしまった。あの子もきちんと理解できてるのかどうかわかんない。だけど、そういうところも私がうみかを生意気だと思う理由の一つだ。

「まだかな、まだかなぁー、学研のっ、おばちゃんまだかなぁー」

低学年の男子が自転車をこぐ真似をして、歌いながら通り過ぎる。ミーナが首を傾《かし》げた。

「あれさ、テレビでよくＣＭしてるけどどういう意味？　学研のおばちゃんって、売りに来てるの、男の人なのにね」

「うちらは学校で買ってるけど、そうじゃないとこもあるんだって。うちのイトコは、家まで届けに来てくれるって言ってた。だからじゃない？」

ミーナが「へえ、そんなとこもあるんだ」と驚いている。

「変なの。ふろくにも『かならず家に帰ってから箱を開けましょう』って書いてあるのにね」

「うん」

箱に入るような大きなふろくは、『学習』より、断然『科学』の方が多い。試験管とか、ありの巣観察キット、ミニミキサー、ドーム型プラネタリウムセットや、水でっぽう空気でっぽう、人体骨格モデル。

うみかの机の上に並んだコレクションたちを思い出す。私が低学年の頃買ってたものも、いつの間にかうみかが自分のもののようにそこに加えていた。

私がだんだん『科学』じゃなくて『学習』寄りになったのは、うみかのせいもあると思う。日光写真のセットがついてきたとき、説明書の通りやったけど、うまくできなくて、なのに、うみかが「やらせて」って手を出したら、本誌に載ってるのとそっくりな、きれいな写真ができた。お母さんに感心されていた。

ＩＣラジオも、そう。私がどれだけ注意深く組み立てても出なかった音が、うみかの手の中でざざっと最初に出たときのショックときたらなかった。悔しくて、泣いて、うみかとケンカになった。そのとき、止めに入ったお母さんから、決定的な一言を言われた。「センスの問題よ」と。

「人にはそれぞれ、向いてることと向いてないことがあるの」

そのときは納得できなかったけど、それからも自分の学年の『科学』を熱心に買い続け、本誌に説明されてる観察や実験を片っ端から一二〇パーセント試してるうみかは、確かに『科学』のセンスがあるのかもしれないと、後から思った。宇宙の本を読む時と同じ。ぼんやりしてるけど、好きなことに関する集中力がすごい。私が卵から孵《かえ》せなかった透明なカブトエビが、一年後、うみかの代でふわふわと水槽を泳いでる姿を見たときには、さすがに負けを認めざるをえなかった。

思えば、うみかは低学年の頃からちょっと変わってた。

うみかの『科学』についてきたミニミキサーで作ったバナナジュースを飲ませてもらったときのこと。学校で買う本のふろくでおやつができるなんて、と感動する私を横目に、「やっぱり、粉と水の味だね」としれっとした顔で言う。あの頃から、かわいくなかった。

うちの妹は、あんまり人にどう見られるかを気にしないいんだと思う。

そして、私はそういうあの子に、よくイライラさせられる。

去年の夏、家族で海に行った。

海岸沿いのホテルに泊まって、両親と私たち、家族四人で夜の浜辺を散歩した。夕日のオレンジ色がだんだんと藍色の夜に押され、空が夜になっていく。遮《さえぎ》るもののない視界いっぱいの海と空を見上げていると、いつの間にか、うみかが横に来ていた。

実を言うと、私は、うみかの名前が羨ましかった。

はるかとうみか。似てる名前だけど、一つだけで見たときに、はるかは普通の名前で、うみかの方が個性的でかわいい感じがした。うみかの名前の中には「海」がある。暗い夜の海とうみかは、よく似合ってる。

普段から『科学』派で、宇宙に関する本だっていっぱい読んでる妹は、私より、今もずっとたくさんのことを考えて、感動しながら星空を眺めているかもしれない。そう考えたら、迂闊《うかつ》に声をかけてはいけない気がした。少し迷ってから、ようやく「いいね」と話しかけた。

「きれいだね。私、絵を描くとき月を黄色く塗ってたけど、本当は白に近い金色なんだって、今、気づいた」

遠い場所に来たことで、ビー玉を散らしたようにきれいな夜空は、自分の家から見る空と違って『宇宙』なのだとはっきり思えた。波の音がしていた。

「空っていうと普通、昼間の水色の空を想像するけど、それって実は薄い膜みたいなもので、こっちの夜の色の空が地球を包んでる本当の空なんだって思えるね。不思議。暗いけど、怖くない。暖かい感じがする」

旅の興奮と、日中海で泳ぎ疲れたことと、何より家族と一緒にいるという気のゆみが、いつになく暗闇を身近に感じさせてくれた。

うみかが「え？」と短く声を上げ、私を見た。聞き取れなかったのかもしれない。我ながら恥ずかしいセリフだったから、私は言い直さずに下を向いた。

砂浜には、作り物みたいにきれいな形をした貝殻がたくさん落ちていた。ザリガニのハサミのように表面がごつごつした巻き貝を手に取る。耳に当て、そして「うわあ」と声を上げた。

「海の音がするよ、うみか」

ピンク色につやつや光った貝の内側から、水の底で聞くような遠い音が流れ込んできた。自分がとても贅沢なことをしている気分になる。だって、貝が沈んでいた海底では、こんなにはっきりと星は見えなかったはずだ。

「この貝、どのぐらい深いとこに沈んでたのかな。なんで、海の音がするんだろう。貝が記憶して一緒に持ってくるのかな。だとしたら、テープレコーダーみたい」

うみかにも聞かせたくて、貝を手渡す。貝を耳に当てたうみかは、私と同じようにしばらく音を聞いた後で「お姉ちゃん」と呼びかけてきた。

「何？」

「貝の中から聞こえる音は、海の音じゃなくて、自分の耳の音なんだよ」

うみかはにこりともしていなかった。

「よく、貝殻から海の音が聞こえるっていうけど、それを出してるのはお姉ちゃん自身。保健室で、耳の断面図の写真見たことない？　耳って、かたつむりの殻みたいな蝸牛《かぎゅう》って器官があるんだ。あの中、聞いた音を鼓膜から脳に伝える役割をする体液が入ってるんだけど、それ、波みたいに揺れて動くんだって。お姉ちゃんが聞いたのは、その、蝸牛の体液が動く音だよ。普段は小さくて聞こえないんだけど、貝殻にぶつかると耳に跳ね返って聞こえる。――だからこの音は海の音じゃないし、貝殻の記憶でもないよ」

浮かべていた笑みが強張って、表情が固まる。うみかが私を見て「その音は

――」と続けようとしたところで、頭の奥で真っ白い光が弾けた。

猛烈に腹が立った。無言でホテルの方に歩き出す。急に引き返した私を、うみかがびっくりしたように追いかけてくる。

「待ってよ。どうしたの、お姉ちゃん」

「知らない！」

実際、どう言えばいいのかわからなかった。

「あ、貝殻……」

うみかから「返すね、はい」と渡されても、受け取る気がしなかった。

うみかはいっつもそうだ。こういうところが生意気だ。私が何か言うと必ず言い返してくるし、そのことで私が怒っても、自分の何が悪いのかわかってない。他の子の妹はみんな、お姉ちゃんの言うことは素直に聞いてるみたいなのに。

学校で、うみかに特定の仲良しがいるふうじゃないことを、私が気にしてることだって、きっと気づいてない。

あの子の学年の子は、誰もうみかを悪く言ってる様子はない。むしろ「うみかちゃん、おもしろい」って受け入れてる。だけど、教室移動も、トイレに行くときも、姿を見かけるとき、うみかはいつも一人だ。うちの学校は小さくて、どの学年もだいたい一クラスか、多くて二クラス。全校生徒がなんとなく互いの顔をわかり合ってる環境の中で、兄弟や姉妹が他の学年にいることの意味は大きい。人気がある子のお姉ちゃんはそれだけで妹の学年から慕われるし、地味な子のお姉ちゃんは、きっと自分の学年でも妹と同じで冴えないんだろうなって目で見られる。

私は、六年の自分のクラスでは目立つ方だし、スポ少でバレーやってるせいか友達も多い。誰とでも話せる方だと思うけど、うみかのいる五年の子たちからはなんとなく人気がないらしいことを、肌でひしひし感じてる。それってたぶん、「うみかのお姉ちゃん」だからだ。うみかはひょっとしたら、自分のクラスでも私にするように言い返したり、素直じゃないのかもしれない。

不公平だと思う。

一つしか年の差がないせいで、よく体育の授業が一緒になるけど、学年で組んでやるバスケのパス練習でも、私とやりたがる子は五年にはほとんどいない。だからといって、姉妹で組んで練習することぐらい気まずいことはないから、私は、そういうときにはなるべくうみかと視線を合わせないようにしてる。

外されたり、嫌われてるわけじゃない。だけど、うちの妹は、たぶん激しく浮いている。

「今日の『銀河』は、久和《ひさかず》くんが書いたものです。配ります」

帰りの会の教壇で、ジャージ姿の湯上《ゆがみ》先生が声を張り上げる。藁半紙が配られた前の方から順に、「やだあ」とか「わあ」とか忍び笑いが洩れる。回ってきた『銀河』を見て、私もまた「あちゃー」と思った。

力いっぱい書き殴られた下手クソな文字と、ゲームのキャラクターのイラスト、『男子10人に聞きました！』という見出しの下に、好きなゲームソフトの名前がつらつらと並ぶ。

それを書いた当の久和は、誇らしげに前を向いている。涼しい顔をしてるつもりなんだろうけど、みんなの反応を意識してるのがバレバレだ。

浮いてしまう子、というのはどこにでもいて、うちの学年の場合、それは『銀河』を書くときにはっきりとわかった。

六年生になって、それまで担任の先生が書いていた学級だより『銀河』を私たちが書くようになった。最初は、読書感想文なんかがよく入賞するような学級委員の子たちだけが書いていたのが、徐々に友達何人かで書くスタイルになって広がり、今では出席番号順に男女交互に書くことが決まりになった。

親に向けての連絡事項など、書いて欲しいことが先生から渡されるが、その記事を載せた後のスペースは各自が好きに使っていい。男子の下手な字が読めなかったり、文章が支離滅裂すぎてさっぱり記事の意図がわからないこともあるけど、そういう場合は先生が補足説明を横に書いてる。

「これ、恥ずかしくて家持って帰れないね」

前の席のミーナが振り返って言う。目が笑っていた。私は「うん」と頷いて、げんなりと久和の『銀河』を折りたたみ、鞄にしまった。

もうすぐ、夏休みに入る。

一学期のうちは私の順番は回ってこないけど、九月になったら私も書かなきゃならない。私はそれを、絶対に無難で、真面目な内容にしようと決めていた。事務的な連絡事項に徹して、絶対に悪目立ちする浮くものにだけはしない。

ふと、もしうみかだったら何を書くんだろうか、と考えた。

目立つことがあまりよくない『銀河』だけど、これまで一度だけ、文章が輝いて見えたことがあった。学級委員の椚《くぬぎ》さんが書いた記事だった。

「6年1組、みんなの『銀河』物語」と題されたその号は、六年一組の子たちが、どのようにして『銀河』の執筆を先生から受け継ぐことになったかの経緯と、これまでどんな記事が載って、どんな反響があったか。面白いものを書こうと、ライバルを意識してる子がいることなどが、実名を混ぜつつ、ドラマチックに書かれていた。

上手だなあと思った。

クラスのことから内容が離れずに、だけどきちんと文章が面白い。家に持ち帰って机の上に置いておいたら、うみかが覗きこんで読んでいた。「いいでしょ?」と声をかけると、うみかはこのときもまた落ち着き払った声で「思ってたのと違ってた」と答えた。

「『銀河』物語って書いてあったから、観測の歴史とか、銀河の構造とか、そういうのが書いてあるのかと思った」

また、いつもの反論だ。自分の妹とも思えない考え方に、私は怒ってしまった。

「あんた、宇宙人なんじゃないの」

「そうだよ。私たち地球人は、みんな宇宙人だもん」

うみかが平然と答えて、私は絶句する。

その日、布団に入ってからもイライラは収まらなくて、うみかの顔を思い浮かべながら、私は、バカ、宇宙人!　と心の中で文句を言い続けた。

『科学』と『学習』に限らず、私たちはお互いの買ったものを交換して読み合う。趣味が合わないときもあるけど、少なくとも、学研の雑誌は、お互いに黙って読む。

うみかの『科学』は、やはり『学習』に比べて漫画が少ない分薄くて、文章も説明文みたいに淡々としてる記事が多かった。あるいは、この勉強っぽいページも、うみかにとったら遊びに見えてるのかもしれない。だけど、私には違う。

「お姉ちゃん」

話しかけられて「ん？」と『5年の科学』から顔を上げると、うみかが「お願いがあるんだけど」と話しかけてきた。

「来月から、『6年の科学』を買ってくれない？」

「え」

うみかが「お願い」と頭を下げた。この子にこんなふうにされたことは、これまで一度もなかった。うみかが開いた『6年の学習』の裏表紙の見返しに、来月の『科学』と『学習』両方の予告が出ていた。見て、あっと思う。『科学』の方に、『特集・宇宙はついにすぐそこに』の文字が見えた。

気持ちがざわっとした。

クラスの子の中には、『科学』と『学習』両方を買っている子もいる。だけど、うちはそういう家じゃなかった。まだ一年生の頃、お母さんから、片方だけだと釘を刺された。

「いやだよ」と、反射的に声が出た。

あんまりなんじゃないか。うみかがどれだけ宇宙のことを好きか知らないけど、だからってそのために私から楽しみを奪う権利なんかない。だいたい、普段あんなに生意気な態度を取ってるくせに、こんなときだけ調子いい。

「私だって、『学習』が楽しみなんだもん。いいじゃん、五年の読んでれば。来年になれば、嫌でもあんた六年になるでしょ」

「今年じゃなきゃ、ダメだと思う。お願い、お姉ちゃん」

すぐに折れると思ったのに、食い下がったのがさらに生意気に思えた。私だって、『5年の学習』を読むの我慢して、一度だってうみかにねだったことなかったのに。

睨みつけると、うみかが思いがけず、必死な声で続けた。

「今年の『科学』は、特別なの」

「どうして?」

「毛利《もうり》さんが、九月に、宇宙に行くから」

私は呆気に取られた。うみかの目は真剣だった。「お願い」とまた、繰り返す。

「五年のより詳しく、そのことが載るかもしれない。今年じゃなきゃ、ダメなの」

「……そんなに好きなの？」

毛利さんや宇宙への情熱のせいなのか、それとも私とケンカして興奮してるだけなのか、わからないけど、うみかの目が赤くなっていた。こくん、と無言で頷いて顔を伏せる。開きっぱなしの来月号の予告ページに、ぽとっと涙の粒が落ちた。

二人してお母さんに、『6年の科学』『6年の学習』、両方を買ってくれるように頼みに行く。お母さんは「ふうん」と頷いた後で、うみかに「じゃあ、頑張らなきゃね」と告げた。

「うみか、逆上がりできるようになった？」

うみかの全身にぴりっと電気が通ったように見えた。痛いところ突かれたっていう顔だ。

「うみかだけできなくて居残りになったって、この間泣いてたでしょう？　みんなに笑われたって」

うみかは答えなかった。私は驚いていた。

この子が悔しがるとか、人の目を気にするところなんて想像できない。何かの間違いなんじゃないかと思っていたら、お母さんが「好き嫌いが多いからよ」とうみかに言い、さっさと台所に戻ってしまう。

結局、『6年の科学』の追加がオーケーになったのかどうかはわからないままだった。

その日の夕食、うみかがナポリタンのピーマンを、時間をかけて丸呑みする音が、横の私にまで聞こえた。顔色を悪くしながら、無理して片づけていた。

うみかは捉えどころがない。

ピアニカを忘れた、その日もそうだった。五年の教室を訪ねて貸してくれるように頼むと、うみかが少しだけ不思議そうな表情を浮かべた。きょとんとしたような、息を呑むような。

だけどすぐに「わかった」と頷いて、水色のピアニカケースを持ってきてくれる。

ひょっとして、ピアニカのホースで間接キスになるのが嫌なのかもしれない。だけど、別にいいじゃないか、姉妹《きょうだい》なんだから。他の学年にどれだけ仲がいい友達がいたって、さすがにピアニカは借りられないだろうけど、姉妹だったらそれができる。私にはほのかに自慢だった。

びっくりしたのは、授業の後、借りたピアニカを返しに行ったときだった。うみかの近くにいた五年生が「あれ、うみかちゃん、ピアニカあったの？」と私たちに声をかけてきた。

「忘れたんだと思ってた。お姉ちゃんが持ってきてくれたのに、間に合わなかったの？」

「うん」

頷くうみかは落ち着いていた。ピアニカの側面に書かれた平仮名のうみかの名前が、私たちの間で間抜けに浮き上がって見えた。私は自分のミスを悟る。あの不思議そうな表情の意味はこれか。

「――同じ時間、だったの？」

「そう」

「言ってくれればよかったのに」

「だって」

短く答えるうみかの口調に怒っているそぶりはなかったけど、それがよりいっそう私にはこたえた。ピアニカを忘れてみんなの間に黙って座る妹を想像する。六年の教室からも、きっと私たちのピアニカの音が聞こえてきたはずだ。その音を聞きながら、下の階で座り続ける気持ちはどんなものだっただろう。

唇を引き結ぶと同時に、胸の奥がきゅっと痛んだ。素直に言葉で謝ることができないほど、気まずかった。

「逆上がりの練習、してる?」

尋ねていた。うみかがぱちくりと目を瞬く。

私は逆上がり、得意だった。

「一緒に練習しよう」

罪滅ぼし、という意識はそこまでなかった。ただ、一人きりみんなのピアニカ練習を見つめる妹を想像したら、それが逆上がりの居残りをさせられる姿と重なって、私の胸を締めつけた。

うみかをバカになんかさせない、と強く感じたのだ。


鉄棒の特訓は、近所の『ちびっこ広場』で放課後にやることにした。私が一緒にやろうと言う前から、うみかは毎日ここで練習していたらしい。

毛利さんが宇宙に行くのは九月十二日から二十日まで。スペースシャトルエンデバーの名前をテレビでも少し前から紹介してる。

「そんなに楽しみなの？」

「楽しみ」

別に意地悪で聞いたわけじゃなかったけど、うみかの返答は短かった。

鉄棒を両手で握り、えいっと空に向けて蹴り上げたうみかの足が、重力に負けたようにばたん、と下に落ちる。

「足、持ってあげようか」

私が逆上がりができたのは一年生のときだ。そのとき、先生やお父さんが、練習する私の足を捕まえて回してくれた。

「重いよ」

「大丈夫だよ」

安請け合いしたけど、うみかがえいっと足を蹴り上げたら一年生がそうするのと違って迫力があった。捕まえそこねて、さらにもう一回。思いきって手を伸ばしたらうみかの靴の先が額を掠《かす》めた。

「いたっ」

「あ、ごめん」

ぶつかった場所を押さえて蹲《うずくま》った私に、うみかが近寄る。「だから言ったのに」と。

「いいよ。私、自分で回れるようになるから」

「私はいなくてもいいってこと?」

じんじん痛む額を押さえながら見たうみかの顔が、表情をなくした。おや、と思う間もなく、うみかが首を振る。

「ううん。いて欲しい」

今度は私が表情をなくす番だった。そんなふうに素直に言われたら、逆らえなかった。

「――見てれば、いいの?」

「うん。お願い」

こくりと頷いて、それから何度も何度も、空に向けて足を蹴る。

「エンデバーってどういう意味か知ってる?」

何度目かの失敗の後で、うみかが息を切らして言った。手のひらが赤茶色になって、見ているだけで鉄の匂いがかげそうだ。

私は「知らない」と首を振った。

「努力」とうみかが答えた。

空にうっすらと藍色が降りてきて、薄い色の月が見え始めた頃、うみかがとうとう練習をやめた。妹が鉄棒を離れたのと入れ違いに、今度は私が逆上がりをする。

足を上げるとき、つま先の向こうに白い月が見えた。今日、うみかは何度も何度もこうやって、私と同じように、月を蹴ってたんだなあと思った。

逆上がりを成功させて、すとっと地面に降りた私に向け、うみかが「いいなあ」と呟いた。

「思いっきり走ってきて、その弾みの力を借りるって手もあるよ」

自分が最初の頃、そうやって初めて回れたことを思い出す。こんなふうに、とお手本で回って見せた。二、三メートル離れた場所から走り、その勢いで鉄棒を摑む。月を蹴り、ぐるんと回る。

「こう？」

うみかが真似して、同じように走る。ぎこちない走り方だったけど、そのまま鉄棒を摑んだら、これまでで一番勢いよく足が上がった。あと少しできれいな円が描けそうだった。

「惜しいっ！」

思わず声が出た。うみか自身、驚いた顔をしていた。

「まだ、練習してもいい？」

「このやり方で、明日からもやってみなよ。今日はもう遅いよ」

家に帰ると、もう七時を回っていて、私たちは、おじいちゃんとお母さんに叱られた。お父さんがまだ帰ってきてなくて、よかった。

「明日も練習、一緒に来てくれる？」

うみかとひさしぶりにお風呂に一緒に入った。鉄棒を掴みすぎたせいで感覚がおかしいのか、うみかが何度も手をグーとパーに動かしている。

「いいよ」と私は答えた。

誰かが何かできるようになる瞬間に立ち会うのが、こんなに楽しいとは思わなかった。


翌日が、『りぼん』と『なかよし』の発売日だったことを、私はすっかり忘れていた。ミーナが「うち来るでしょ？」と聞く声にはっとした。毎月、発売日の放課後にミーナとコンビニに一冊ずつそれぞれ買いに行って、どちらかの家で一緒に読むのが、いつの間にかルールみたいになっていた。

その二冊読みたさに私たちの仲間に入りたがっている子は他にもいる。でも、ミーナは「はるかは親友だから」と、私だけを誘ってくれる。

「行く！」

漫画が読みたいのはもちろんだったけど、すぐに返事をしたのは別の理由からだった。「親友」のミーナの誘いを断ったら、ミーナは次から早苗ちゃんとか、誰か別の子を誘うようになってしまうかもしれない。もう、次から私を呼んでくれないんじゃないかと考えたら、怖かった。

うみかと鉄棒のことが頭を掠めたけど、練習はどうせ明日もあさってもするだろう。今日の放課後に付き合えなくなったことを伝えるため五年の教室に寄ると、うみかはすでに帰ってしまった後だった。

どうしようか迷ったけど、すぐにまあ、いいか、と考え直す。

学校を出るとき、「おでこ、どうしたの？」と、ミーナに聞かれた。

「朝から気になってたけど、ちょっと赤いね」

「あ、本当？　気がつかなかった。――ね、『りぼん』って、今回ふろく何だっけ？」

妹の鉄棒練習に付き合ってたなんて話したら、ミーナはきっと私を「優しい」って言うだろう。「妹と仲がいいんだね」って言うだろう。

そう思ったら、何も話したくなかった。

ミーナは一人っ子だからわかんないかもしれない。だけど、私は嫌だった。いいお姉ちゃんだなんて思われるのは、なんだか違う。もう六年と五年なのに、妹の練習に付き合ってるのも、かっこ悪く思えた。

ミーナの家を後にしたのは六時過ぎだった。

家と田んぼと畑、舗装されたアスファルトの道と砂利道がランダムに続くいつもの帰り道を自転車で過ぎるとき、こんな時間になってもまだ鳴く蝉の声を聞いて、ああ、夏休みが来るんだなあと思った。田んぼに、背が高くなった稲のまっすぐな影がさわさわ揺れている。蛙の鳴き声が聞こえた。

『ちびっこ広場』に、もううみかはいないだろうと思ったけど、帰り道だから一応寄った。

広場を囲んだ灰色のフェンス越しに見える鉄棒の付近に人影はなくて、私はそれを確認したらほっとしたような、残念なような気持ちになった。

自転車を停めて家の中に入ると、「ただいま」を言う間もなく、おじいちゃんとおばあちゃんから「どこに行ってた」と問い詰められた。剣幕に圧倒されて、私はうまく答えられないで、ただ二人の顔を見つめ返す。

お母さんがいなかった。

何かがおかしいことに気づいて、私は台所の方向を見つめる。この時間いつもしているご飯の匂いがしない。台所の電気が消えていた。

うみかが怪我をして、右腕を折って、病院にいること。

お母さんは、そっちに行ってて、うみかはひょっとしたらこのまま入院するかもしれないこと。

おばあちゃんたちが説明する声を、私はぼんやりと聞いた。貝殻を当てて音を聞くように、遠く聞こえる声だった。

うみかは、鉄棒から落ちたのだと言う。

仕事から帰ってきたお父さんと一緒に病院に向かうとき、私はずっと俯《うつむ》いていた。頭の奥でずっと、お前のせいだ、という誰のものかわからない声がしてる。

車の中、私の隣で、お母さんに持ってくるように言われたうみかの着替えが、半透明の袋の中から透けていた。灰色の、私のお下がりの下着。「はるか」と書かれた名前がマジックの線で消されて、下に、あの子の名前が「うみか」と書いてある。

うみかが怪我をしたと聞かされたときから、ずっと泣けたらいいのにと思いながら、出てこなかった涙が、その書き直しの名前を見たら、じわっと目の奥に滲《にじ》んだ。

車の外で、国道の向こうの夜景が筋を引いて流れていく。

骨折したことがある子は、うちのクラスにも何人かいた。みんなギプスをしながら学校に来てた。だけど、入院したという話はあんまり聞かない。うみかはそんなにひどい怪我なのか。

あの子は、練習に来なかった私を怒ってるに違いない。きちんと謝ろうと思ってたのに、薬の匂いのする病室に一歩入った途端、口が利けなくなった。

うみかはとろんとしたいつもの二重瞼をさらに重そうにして、うっすらと目を開けて、ベッドに横になっていた。力と、光のない目で私たちの方を見る。朝までのうみかと全く違った。顔を見たら、走っていって、抱きついて、謝りたい気持ちになったけど、私は足を開いて立ったまま、妹に近づくことさえできなかった。

「うみか、お姉ちゃんが来てくれたよ」

お母さんが励ますように言うのが苦しかった。私は約束を破った。何も言えずに、せめて目だけはそらさないようにしていると、うみかが「うん」と頷いた。右腕が白い包帯で何重にも固定されて、ベッドの上に吊られている。手がどんなふうになってるのかは、包帯に覆われてるせいで全くわからなかった。

私のせいだ。

怪我をしたときの詳しい状況はわからないけど、私が弾みをつけた方がいいって教えた。うみかはその勢いのまま、鉄棒の向こうに落ちたんじゃないのか。

責められることを覚悟した。お母さんたちにも、きっと怒られる。

だけど、うみかは何も言わなかった。ぼんやりと天井を見てる。お母さんに言われて、私はうみかのすぐそばに座った。謝らなきゃ、と思うけど、ここまで来ても、言葉は口から出てこなかった。

両親が二人とも、入院のことで先生と話すため病室を出て行ってしまう。私は下を向いて、沈黙の時間にただ耐えていた。

「九月までに、手、よくなるかな」

うみかがぽつりと言った声に顔を上げる。うみかの唇が、かさかさに乾いて白くなっていた。「痛いなあ」と呟いて、顔を歪《ゆが》める。

「エンデバーの打ち上げ、家で、見たい」

「……見ようよ、一緒に」

一緒に、を言う声が震えた。

一緒に練習しよう、の約束を破った私が口にしていい言葉じゃないのかもしれない。だけどうみかがゆっくりと私を見た。その口元が、なぜか笑った。

「私ね、お姉ちゃん」

「うん」

「宇宙飛行士になりたいんだ」

どうして、このときを選んでうみかがそう言ったのかはわからなかった。だけど、大事な秘密を打ち明けるように、うみかが「ナイショだよ」と続ける。

「うん」

私は頷いた。そして、唇を嚙んだ。そうしていないとまた涙が出てきそうだった。痛いのはうみかなのに、私が泣いちゃダメなのに。

寝たままで言ううみかが怯えていることに、声の途中で気づいた。人の目なんて気にしない、『科学』を面白がるセンスのある、風変わりで強い、私の妹が弱気になっている。

「なれるよ」と私は答えた。水の中に放り込まれたように、鼻の奥がつんと痛んで、涙がこらえきれなくなる。

「なってよ」

もう一度、今度はそう言い直した。

「うみか、すぐに退院できるんでしょう?」

「ちょっと、長くかかるかもしれない」

帰りの車の中でお母さんに聞くと、少し間をおいて返事が返ってきた。

ちょっとと長く。

矛盾する二つの言葉を聞いて、嫌な予感がした。

「どうして?　ただの骨折なんでしょ」

「骨が育つ大事な時期の怪我だから、ちょっとね」

「心配しなくても大丈夫だよ、はるか」

運転席のお父さんも言う。だけど、二人の声は疲れて、元気がなかった。

結局、怪我についての肝心なことを私に教えてくれたのは、うみか本人だった。

一学期の終業式を迎えて夏休みに入っても、うみかは退院できなかった。私は五年のうみかのクラスからもらったお見舞いの寄せ書きの色紙と「早くよくなってね」と書かれた紙がぶらさがった千羽鶴を預かって、病室を訪ねた。

「骨が曲がった方向でくっついちゃってるから、手術しなきゃならないかもしれない」

うみかの口調は、いつもみたいに淡々としていた。私は「え」と呟いて、咄嗟《とっさ》にうみかの腕を見てしまう。それからあわてて目をそらした。

「手術、するんだ?」

「うん。たぶん」

うみかが、クラスメートからもらった色紙のメッセージを目で読んでいる。一度ずつ読んだら、それでおしまいとばかりに、さっさと棚にしまう。蛍光ペンを駆使して、かわいい絵を入れてうみかにメッセージを綴《つづ》ってる子たちとうみかが本当はそんなに仲良くないことを、私も知っていた。

「あのね、お姉ちゃん」

「うん」

「もし、骨折で、手術して、腕にボルトを入れたりすると、それがたとえ一個でも、もうそれだけで宇宙飛行士にはなれないんだって」

「え」

二度目の「え」は、大きな声になった。うみかが目を伏せ、何でもないふうに窓の外を見る。だけど、私にはわかる。わざとだ。無理矢理平気そうにしてる。うみかはいつも、しっかり私の目を見て話す。

「痛いのって、逃げ場がないんだよね」

言葉がかけられない私の前で、うみかが小さくため息をついた。

「何をしてれば気が紛れるっていうのがないから、宇宙に行ってるしかない」

「宇宙？」

「想像するの。自分が宇宙にいるとこ」

うみかはそう言って、ちょっとだけ笑った。海に穏やかな波が寄せてすぐになくなるときみたいな、静かな笑顔だった。

夏休みになって少しして、うみかは長かった髪を病院でばっさり、お母さんに切られてしまった。怪我のせいで思うようにお風呂に入ったり、髪を洗えなくなって、長い髪をきれいなままにしておくのが難しくなったのだ。ボサボサになっちゃうし、ちょうど暑い季節だし、いいじゃない、とお母さんは簡単なことのように言ったけど、お見舞いに行った病室で、髪を短くされたうみかを見たときは、衝撃だった。

「スースーする。変な感じ」

うみかは何でもないことのように言ってみせたけど、このときも私の目を見ようとしなかった。

私の小六の夏休みは、ほぼ、うみかの怪我の思い出で埋まった。うみか自身が感じてるように、あの子の怪我は私が思っていたよりずっと重症だった。両親が私が寝た後で、いつまでもリビングで話してる声が聞こえて、私はそっと布団を出て、ドアに耳をくっつけて、声の内容を聞いていた。

——肘のところから切って、神経を一つ一つくっつけ直す——という声を聞いた日、私は全身の血が一度に下がっていくのをはっきり感じた。

聞いてしまったことを後悔しながら布団に入ると、背筋が熱を出したときのようにぞくぞくした。

うみかが、手術する。

繋がっている自分の腕の付け根を見ながら、皮膚にメスが入ることを想像して、嫌だ、と叫びそうになった。ダメだ、ダメだ、ダメだ、うみかの腕を切るなんてダメだ。

宇宙飛行士が目指せなくなるなんて、ダメだ!

眠れずにまた布団を出ると、二段ベッドの上から、うみかの机が見えた。並んだ『科学』のふろくたち。中に、ドーム型プラネタリウムの丸い頭が見えたら、気持ちが抑えられなくなった。

南向きのカーテンの向こうから、月と星の明かりが差し込んで、部屋の中は窓辺だけが明るかった。ベッドを降りて窓を開くと、夜の蟬が鳴いていた。晴れた空に浮かぶ星の名前。学校で習ったけど、私は北極星と、北斗七星くらいしかわからない。

宇宙飛行士になるには、勉強ができることはもちろん、身体が丈夫なことだって必要だろう。どうしよう。あの子は本気だ。あんなふうに恥ずかしそうに夢を打ち明けるくらい、大事に思ってる。エンデバーの打ち上げを、楽しみにしてる。

私は、あの子のために何ができるだろう。

うみかに話を聞いてから、図書館で片っ端から宇宙飛行士に関する本を探して読んだ。手術したらダメなのか、目指すにはどんなことが必要なのか――、字がずらっと並んだ大人向けの分厚い本も開いてみた。

怪我は私のせいだ。どうしよう、どうしよう、と一生懸命内容を読んだけど、私にちゃんとした答えをくれる本は一冊もなかった。両親や先生に聞くことも考えたけど、宇宙飛行士の夢のことはナイショにするって、うみかと約束していた。

夏の夜は星が明るく、闇が、このときも少しも怖くなかった。去年の夏、うみかと歩いた浜辺の空も、こんなふうに暖かい光に満ちていた。思い出したら胸が詰まって、あのとき、ケンカしたことすら縋《すが》りつきたいほど懐かしかった。

海岸で、貝殻の音のことで私はうみかに怒ってた。あの子が「その音は――」と続けようとしたのを遮って、勝手に歩き出した。

だけど、あのとき、あの子はなんて言いたかったんだろう。私が何で怒ってるのかもわからないあの子に、私は一度だって怒ってる理由を自分から説明したことがない。口答えするうみかに、私はいつだってそこで話すのをやめてた。あの子が話すことはどうせ生意気でかわいくないって決めつけて、まともに聞かなかった。

病院で聞いたうみかの言葉を思い出す。

――宇宙に行ってるしかない。

痛みには逃げ場がない、と話していた。何をしてても、気が紛れないって。

――想像するの。自分が宇宙にいるとこ。

そう笑ってた。

ああ。

わかったよ、うみか、と心の中で呼びかける。

月がとても近い。私が見てるこの空の向こうにあるものを、うみかだったらもっとたくさん想像できるんだろう。あの子になら、見えるのだろう。

うみかはたぶん、宇宙にいるのだ。

嫌なことがあったとき、いつも大好きな宇宙のことを思い出して、きっと耐えている。だから平気なんだ。クラスでひとりぼっちのときも、ピアニカが一人だけないときも、逆上がりで残されたときも、お気に入りだった長い髪を切られたときも。つらくなかったわけがない。だからきっと、自分の居場所を別に作った。狭い教室や目に見える場所だけを全てにしなかった。だから、あんなに強いのだ。

彼方にある星々の明かりを見上げながら、私は自分に何ができるかを、必死に必死に、考え続けた。

学級だよりの清書用方眼紙を前に、「何でも好きに書いていいですか」と尋ねると、湯上先生は「へ？」と声を上げた。私が笑わず、じっと見てるのに気づいて、表情を改める。そして、「いいよ」と答えてくれた。

「一学期からみんなそうしてるじゃないか。自分の興味があることを書きなさい」

「わかりました」

ミーナと一緒に職員室を後にする。

これまでみんなが『銀河』に書いた記事は「球技会のメンバー発表」とか「遠足がありました」とか、そういうこと。行事があるときはいいけど、そうじゃないときは

「係の紹介」とか「授業がここまで進んでいます」とか、さらに味気ない記事になる。だけど、それでも悪目立ちするよりはずっといい。私は、自分もそういうものを書こうと思ってた。――二学期の、実際の今日になるまでは。

「はるか、何書くの？　興味があることって何？」

「ちょっと、気になることがあって」

言ってしまってから、思わせぶりな言い方になったんじゃないかとあわてて否定する。

「ごめん。恥ずかしいから、ミーナにも後で見せるね」

「そうなの？」

案の定、ミーナがつまらなそうに唇を尖らせた。

うみかの入院は結局、夏休みいっぱいかかった。

だけど、エンデバーの打ち上げにはどうにか間に合って、私たちはうちのテレビで、スペースシャトルの下から上がる炎と空に向かって消えていく影の中継映像を見た。毛利さんはこれから一週間ぐらい宇宙にいることになる。

誰より興奮しているだろうに、うみかはシャトル打ち上げの間、ほとんど喋らず、ただ食い入るようにして画面を見つめていた。録画した映像を何度も何度も再生して、毎日のニュースでエンデバーのことが報道されるたび、熱心に見入る。ギプスをしていない方の左手が、ぎゅっと、拳を握って、震えるのが見えた。

あ、泣くのかな、と思って顔を見ると、うみかの表情が、これまで見たこともないくらい嬉しそうに輝いていた。人間は、別に笑顔じゃなくてもこんなふうに嬉しさを表現できるんだって初めて知って、私にも、妹の喜びと興奮がそのまま伝染してしまう。なぜか、私が泣きそうになった。

お母さんが許可してくれた『6年の科学』を、うみかは自分の『5年』のと合わせて熟読して、私にも『科学』や他の本、新聞で知ったというたくさんのことを教えてくれた。

アポロ計画から、今回のエンデバー号の打ち上げまでの歴史。毛利さんが宇宙で何をするのか。宇宙と地球、エンデバーの中と日本の小学校をテレビの生中継で繋ぎ、毛利さんが私たち子供に向けて宇宙から授業をしてくれるらしいと聞いて、うみかだけじゃなくて私もわくわくする。

一九八六年のチャレンジャー号の事故を受けて、今回の計画が遅れたことも、その時、うみかから教えてもらった。知らないうちに唇をきゅっと噛んでいた。これまで興味がなかったから、そんな歴史があったことだって私は知らなかった。

机の前で、私は深呼吸して、方眼紙に『銀河』の見出しと、最初の一行を書き始める。

『現在宇宙に行ってるスペースシャトル「エンデバー」は、「努力」という意味です。』

学校に関係ないことを書くのは、浮く人間の仲間入りかもしれない。だけど、私たちには教室の「ここ」が全てじゃなくてもいいんじゃないだろうか。教室の机の前に座ってても、それと並行して気持ちがもっと遠い宇宙を向いてることだってある。ただ文章を書いてるだけなのに、途中、何度も息が切れた。自分がすごく恥ずかしいことをしようとしてるんじゃないか、あるいは、真面目ないい子に見えることをしてるんじゃないか、それをみんなに見せようとしてるんじゃないかと考えたら、不安がおなかの底から喉までを、一度にわっと満たす。

でも、私は、これをうみかに読んで欲しい。あの子に教えてもらったことが、刷られてみんなに配られて、学校に認められるものになったんだってことを、見せたかった。

清書用のペンを持ち直す。用意した修正液は、ほとんど使わずに済んだ。一気に書き上げる。文章を書くのが楽しいなんて、初めて感じた。

完成した『銀河』の原稿を、両手で摑む。見出しを見つめ直す。

『毛利衛さん、宇宙へ』

『無事にミッションを終えて帰ってきてくれることを祈っている。』と書いた最後の言葉は、書いた後から頰がかーっとなるくらいで、かっこつけすぎたかもしれないと反省したけど、結局、そのまま残した。それはたぶん、うみかと、そして私の一番の今の気持ちだったから。


毛利さんが宇宙に行ってるうちに印刷して配って欲しい、と先生に申し出ると、湯上先生は原稿を読んだ後で「わかった。今日配るよ」と約束してくれた。

ミーナにも、今回は読ませなかった。いつもは、提出するものがあるときは事前にお互いのものを読み合い、褒め合ったりする私たちには初めてのことだった。私は抜け駆けをしてしまったような居心地の悪さを感じたまま、帰りの会まで過ごした。

「今日の『銀河』は、はるかさんが書きました。配ります」

前から順に、『銀河』が配られてくる。見覚えのある自分の字が印刷にかけられているのを見ると、死にそうになるぐらいドキドキした。

誰かにからかわれるかもしれない、と覚悟していたし――、もっと言えば、誰かが興味を持って読んでくれないだろうか、感想を言ってくれないだろうか、といい方への期待もかなりしていた。

しかし、みんな『銀河』を、あっさりと折ってしまいこんでしまう。私の肩から力が抜けていった。

帰りの会が終わり、「一緒に帰ろう」とミーナが席までやってくる。あんなにも読ませなかったことを後ろめたく思っていたのに、私の『銀河』に関するコメントもなかった。なんだ、このぐらいのことだったんだ、と思ったら、急にそれまで気張っていた自分がバカみたいで、惨めで、ほっとしたけど、それ以上に奥歯を嚙みしめたいくらい、悔しかった。

帰ろうと教室を出かけた、そのときだった。

「はるかちゃん」と、名前を呼ばれた。

振り返ると、学級委員の椚さんだった。『銀河』に「みんなの『銀河』物語」を書いたあの子だ。普段はほとんど話したことがない。

「今回の『銀河』、面白かった」

大きな眼鏡の向こうの黒目がちな目が、私を見ていた。私は咄嗟には答えられず、目を見開いて彼女を見つめ返す。椚さんが笑った。

「これまでで、最高の記事だよ。毛利さんで一号作っちゃうなんてすごい」

「そう、かな」

「うん」

答えながら、頬が熱くなっていく。「ありがとう」と言葉が出るまで長く時間がかかった。身体の真ん中に柔らかな光が灯ったように、さっきまでの嫌な気持ちが消えていく。優しい気持ちが満ちていく。

それは、うみかと見上げた夜空の暖かさとどこか似た気持ちだった。記事だけじゃなくて、うみかが褒められたような誇らしい気持ち。口元が勝手にゆるんで、笑顔になってしまう。

帰った私が差し出した『銀河』を、うみかはじっと覗きこんで、読んでいた。クラスメートに見せるときより、ずっと、緊張した。

うみかから感情たっぷりの褒め言葉や感激の吐息を期待したわけじゃなかったけど、読み終えたうみかはいつものような無表情だった。

「これ、私のため？」

明け透けな言い方で尋ねてきた。

「うん」

「ありがとう」

なんでもっと感動的に反応してくれないんだろうってイライラしたけど、仕方ない、とあきらめる。これがうちの妹で、うみかはこういう子なんだから。

翌日学校に行ったら、湯上先生から職員室に呼ばれた。日直でもないし、呼び出しの理由に心当たりがなくて、おっかなびっくり先生の机まで行くと、方眼紙を渡された。

「また、書いてみないか」

息が止まった。先生が続ける。

「日曜には、毛利さんが宇宙から帰ってくる。帰ってきたら、そのことでまた一号、書いてみないか」

方眼紙を持つ指に、力が入らなかった。――嬉しくて。

このときも、うみかの顔が思い浮かんだ。あんなふうに感情の起伏の薄い妹だけど、それでも、私が真っ先に嬉しい知らせを伝えたいのは、あの子だった。

うみかの腕は、当初考えられていたより状態がかなりよかったらしい。

「うみか、手術するの？」

思いきって、ある夜両親に尋ねた私に、二人は驚いていた。答えを聞くのが怖くて、私の肩も表情も、緊張に強張っていた。顔を見合わせた二人が、私を自分たちの間に座らせる。そして教えてくれた。

「大丈夫。——完全にまっすぐにするためにはそういう方法もあるってお医者さんに言われただけなんだ。この間レントゲンを撮ってみたら、どうやらそこまでしなくてもうみかの骨はきちんとまっすぐだった。指もきちんと動かせるだろうって」

お母さんの言葉どおり、うみかのギプスは十月に取れた。少しして体育の授業にも出るようになった。まだ見学してればいいのにって思うけど、ぶっきらぼうな口調で「いい」と答える。こういうとき、この子はとても頑固だ。

苦手だからサボってるって思われるのが、きっと嫌なのだ。本音の声を聞かせないで突っぱね続けるのも、本当にうみからしい。

五、六年合同でペアになってやるストレッチを、私は自分から「うみかとやりたい」と申し出た。怪我のことを知ってるみんなが、怖々とうみかの身体に触ることを考えたら、私がやるのがきっと一番いい。姉妹でやるなんて気まずいと思ってた気持ちは、今は不思議と消えていた。みんなから「いいお姉ちゃん」だと思われても、まあ、仕方ない。

軽い力で背中を押していると、ふいにうみかが言った。

「この間ね」

「うん」

「文集の原稿の、将来の夢のとこに『宇宙飛行士』って書いたよ」

「そっか」

知っていた。

五年の男子たちが「すっげえ、ザ・夢って感じ！」と騒いでいた。パイロットとか、宇宙飛行士とか、大きくて叶わないものの代名詞のように言われる『夢』。だけど、言いたい人には言わせておけばいい。

私は、自分は人にどう見られるかが相変わらず気になるにもかかわらず、うみかになら、そう言い放ってしまえた。

「私、宇宙に行く人っていうのは、あんたみたいな子だと思うよ。物の見方や、宇宙への考え方が私と全然違う」

深呼吸する。そして、ようやく「ごめんね」と謝った。

「怪我した日、私、鉄棒の練習付き合うって言ったのに、行かなかった。約束、破ってごめん。私がきちんと行ってたら、うみかは怪我しないで済んだかもしれない」

「別にお姉ちゃんのせいじゃないよ。お姉ちゃんがいてもいなくても、私は鉄棒から落ちただろうし」

「それでもごめん」

「いいってば」

普段どんなときでもけろりとしているうみかが、珍しく居心地悪そうに顔をしかめる。しばらく無言でストレッチを続けていると、やがて、うみかが思いがけないことを言った。

「私は、お姉ちゃんみたいな人が宇宙に行けばいいと思う」

「は?」

ふざけてるのかと思って顔を覗きこんだけど、うみかに限ってそれはなさそうだった。

「〝はるか〟って名前、宇宙飛行士に向いてる」

「名前?」

「宇宙のことを〝はるか彼方〟って表現してある本がたくさんあって、私、それ見るたびに、昔からずっと羨ましかった。お姉ちゃんの名前、いいよ」

驚いてしまう。私はずっと「うみか」の名前が羨ましかったけど、うみかもそんなふうに思ってたなんて。

名前を面と向かって「いいよ」なんて褒められたら、照れてしまった。どんな顔をしていいかわからない私の前で、うみかが「それと」とさらに続ける。

「私、言葉にして何か言うの、苦手なんだ」

真面目な顔のままで言う。

「色を見ても、自然を見ても、仕組みを理解するのが楽しいし、いいなって思うけど、それだけなんだ。前に、お姉ちゃんと海に行ったとき、お姉ちゃん、私に夜が暖かいって言ったの、覚えてる?」

そう感じたことは確かに覚えているけど、口に出したかどうかはわからない。どちらにしろ、些細なことだ。黙ってしまった私に、うみかが言う。

「私、夜を怖いと思ったこと、ないから。お姉ちゃんが、暗いけど怖くない、夜の色の空が地球を包んでる本当の空だって言ったとき、衝撃だった。そうか、夜が怖い人が見る空ってそういうものなんだって、びっくりしたの」

うみかが私を振り返って、少し笑った。前の方で先生のホイッスルの合図が鳴って、今度は私が背中を押される番になる。

「あと、そのときに、月を黄色じゃなくて、白に近い金色って言った。——私、月は好きだけど、月は月の色で、黄色でも金でも、うまく表現できない。宇宙から地球を見ても、どんなふうに言えばいいか、きっとわからない。ガガーリンみたいに、きっとあれからずうっと時間が経ってるのに、同じように『青かった』しか言えないと思う」

「そうなの？」

「うん」

少しおかしくなって笑うと、うみかが「だから、お姉ちゃんみたいな人を宇宙に連れてくのが、私の夢」と答えた。

「画家の人を連れてって、地球を実際に自分の目で見て絵を描いてもらったり、青も、ただ青じゃなくて、どんな青なのか、言葉で語ってくれる人たちを連れていきたい。何十年かかるか、わかんないけど」

「連れてってよ」

私は言った。

「私が死ぬ前に、そういう時代にしてよ」

「でも、正直、お姉ちゃんは間に合わないかも」

「何だと」

真剣に腕組みして考えるうみかの物言いが本当にこの子らしい。「そういえば」と、せっかくだから私も尋ねてみる気になった。

「海に行った時、貝殻の音のことも話したよね。私が海の音だって言ったら、あんたが違うって言ってそれで怒っちゃったけど、あのとき、本当はなんか言おうとした？『その音は』って言いかけて、やめてた」

「ああ――」

うみかが長く息を吸い込んだ。どうやら覚えているらしい。唇をきゅっと結ぶ。うみかが小声になって、答えた。

「『その音は、お姉ちゃん自身が奏《かな》でてる音だよ』って、言おうとしたの」

私は咄嗟に妹を振り返った。私の背中を一生懸命押してる頭が見える。髪は、病院で切った時よりも少し伸びてきた。

すごくいい、と思った。思わず言った。

「うみか、きちんと言葉にできてるよ。奏でてるなんて言い方、私もできないよ」

「そうかな」

ピー、とまたホイッスルが鳴って、ストレッチが終わる。立ち上がった私たちはお互いの顔を眺めた。

集合の合図がかかって、先生の下に走り出すとき、うみかが私の腕をすっと掴んだ。柔らかい手の感触と体温を感じた途端、無性に、この子は私の妹だ、と思った。考え方が似てなくても、姉より頭がいいかもしれなくても。無条件で私の腕を頼っていいのは、この地球上で、この子だけだ。

キーン、と頭上で高い音がして、振り仰ぐと空に飛行機が飛んでいた。白い飛行機雲が線を残している。

一九九二年の秋空がこんなふうに高かったことを、覚えていようと思った。

『この同じ空の下で、毛利さんとエンデバーの無事の帰還を祈りながら待っていた子供は、きっと私たちだけではないと思う。教室や学校の枠をこえて、私たちはまったく知らない日本のどこかの子たちと気持ちがつながって、一つになっていた。』

私が書いた、二度目の『銀河』の締めの言葉。私の、小六の秋の思い出だ。

1

世界で初めて宇宙飛行を行った女性は、旧ソ連のワレンチナ・テレシコワ。1963年のこと。では、旧ソ連は女性を男性と対等に扱っていたのかというと、かなり怪しい。だって、それから19年間も女性を宇宙に送り出さなかったから。

ところで、日本初の女性宇宙飛行士・向井千秋が2度目の宇宙飛行を行ったのは1998年。

次に山崎直子さんが宇宙飛行を行ったのは、それから12年も経った2010年。

……イギリスでは1991年のヘレン・シャーマン以来、女性は誰も宇宙に行ってないけど。

2

1996年にアメリカの女性宇宙飛行士シャノン・ルシッドがロシアのミールに約半年間滞在していた時の写真の中にグッとくるものがある。ルシッドがミールの窓から、まるでアンナ・カレーニナのように物憂げに宇宙を見つめる様子を宇宙側から撮影したもの（この写真はアメリカの有名な科学雑誌

『サイエンティフィック・アメリカン』の
表紙を飾った)。“ふざけんなよ、宇宙側から
撮影なんてできるわけないだろうが！”
なんて言わないように。
ミールから宇宙にのばしたカメラで
撮影するというテもあるんだから。

3

私が大好きな大リーグ絡みの話。
スコット・ピトアニック著
『ヤンキー・スタジアム物語』
(2008年、早川書房、訳・松井みどり)には、
1963年にヤンキースのミッキー・マントルが
伝説の超特大ホームランを打った日は宇宙飛行士の
ゴードン・クーパーが地球周回軌道に乗った
翌日か翌々日のことと書いてある。これは著者の勘違い。
クーパーが搭乗したマーキュリー9号が地球周回軌道に
乗ったのは5月15日で、マントルが伝説の超特大ホームランを
打ったのは5月22日。で、翌日か翌々日かではなく翌週が正しい。

向井万起男　むかい・まきお／
1947年東京生まれ。
慶應義塾大学医学部准教授。
慶応義塾大学病院病理診断部部長
3度のメシより、自分のエッセイでウィキペディアが
書き変わるのが好き。

4

アメリカ映画『ガタカ』（1997年）に感動したと言う人がけっこういるけど、私は感動しなかった（どういう映画に感動するかは人それぞれですよね）。だって、遺伝子操作で優れた知能、体力、外見を備えて生まれた者しか宇宙飛行士になれないという近未来を描いているんですよ。この設定って、宇宙飛行士というものを大誤解してますよ。そんな凄い人ばかりが宇宙飛行士になる時代なんてくるわきゃないです。……『宇宙兄弟』を読んでいる人ならわかりますよね。

5

近い将来、現在の海外旅行のように宇宙飛行を手頃な値段で誰でもできるようになるか？

私は悲観的。だって、一人一人を手頃な値段で乗せるとなると、いっぺんに大勢の人を乗せられる大型宇宙船を開発しないと採算がとれないから。

さらに、そういう大型宇宙船を
回転させて船内を地球と同じ重力（1G）に
できるようにしないとダメだから。
そうしないと一人一人の乗客がトイレで
大変な時間を費やすことになるから。
無重力ではトイレで出したものが宙に
浮かないようにするためにエラク時間を食うんですよ。

6

チョット前のことだけど、
イギリス国防省が或る発表を行った。
50年以上続けてきた
UFO（未確認飛行物体）の調査部門を
財政難を主な理由に閉鎖したというのだ。
これで年間約650万円の歳出削減になるとのこと。
世の中にはUFOの存在を信じている人が大勢いるんだから、
年間650万円くらいなら今まで通りUFOの調査に使っても
文句はでないんじゃないの。
……私はUFOの存在なんてまるっきり信じてないけど。

to be continued

ンスマン!

福田和代

ふくだ・かずよ／
『ヴィズ・ゼロ』で2007年デビュー。
代表作は、『TOKYO BLACKOUT』
『オーディンの鴉』。最新作は『スクウェア』I、II。

メンテナ
―つむじの法則―

Let's go to space, brother!

目の前に、とびきり繊細で素直そうな〈つむじ〉があった。

俺はつむじを見ただけで、その人間の性格がだいたい読めるんだ。

そんな話をすると、みんな一瞬困ったような表情を浮かべ、ここ笑うところ？　というあいまいな笑みを浮かべる。もちろん、友達でも同じだ。友達のほうが、むしろ遠慮なく爆笑してくれる。

笑ってる場合じゃない。

俺こと原田拓海《はらだたくみ》は、たとえそれが非科学的だろうが論理的でなかろうが、これまでの多くの経験から、この法則の正しさを知っているのだ。

——つむじは、嘘をつかない。

原田拓海の「つむじの法則」だ。

女子ってのは、どういうわけか髪に分け目を作るのを嫌うし、つむじを隠したがるものだ。しかし、いま目の前で、エレベーターを待っている女子の栗色の髪は、絵に描いたようにきれいな右回りの渦を描いている。

ほんとに、見とれてしまうほど音楽的な渦巻きだった。たとえるなら、ト音記号。髪の間からわずかに透ける地肌が青みを帯びているのは、赤ん坊のように肌が透き通って健康な証拠だ。髪は赤みを帯びた栗色で、エレベーターホールの照明を受けてつややかに輝いている。

俺がつむじに詳しくなったのは、ひとえにこの身長のせいだった。

百九十五センチメートル。

これだけ背が高いと、普通に誰かと並んだだけで、たいていそいつの頭を見下ろすハメになる。どこかの親爺さんが、周囲の髪を必死でかき集めて薄毛を隠そうとしているのだって、気の毒だが丸見えだ。高いところに隠してあるへそくりだって、お見通し。俺には隠し事なんてできっこない。

まあ、こんなことを自慢しても何の役にも立たないんだが。

――こんな日に、とびきりのつむじに巡り合うなんて、なんて縁起がいいんだろう。まるで世の中のすべてが、俺を祝福してくれているようじゃないか。

俺は肩にひっかけたスポーツバッグを、ぐいと力強く揺すり上げた。長期滞在用の着替えや、嗜好品や文庫本などが入ったそれは、けっこうずしりと肩に食い込む。

「どうぞ」

エレベーターが来ると、彼女は扉を手で押さえてくれ、俺を先に通してくれた。その目が見ているのは、俺が着用している作業服の胸元だ。つむじのきれいな彼女は、アジア系のこぢんまりしてるけど可愛らしい印象の顔立ちをしていた。

「今日から上に行かれるんですね。頑張ってください！」

にっこり笑って激励してくれたということは、作業服を見ただけで、俺が何者だかわかったということだ。

「ありがとう」

彼女の名前を聞いておくべきか。二十年に一度、巡り合えるかどうかというレベルのつむじだった。ふだんなら聞く。間違いなく聞く。しかし、今日ばかりは特別だ。——許せ、つむじの美女。俺はいま、女に気を取られている場合じゃないんだ。

エレベーターが三階に到着すると、彼女はにこにこしながら降りて行った。去り際に小さく手を振った彼女に、俺は平常心を保つふりをして手を振り返した。彼女の足取りもはずんでいる。

職場に行って、彼女が浮き浮きと同僚たちに話すのは間違いない。

――いま私、エレベーターのメンテナンスマンに会ったのよ！

昨日の夜は、一睡もできなかった。正直に言えば一睡くらいはしたかもしれないが、寝付きが悪くて寝たと思えば朝になっていた。

なにしろ今日は、メンテナンスマンとしての初搭乗の日だ。何かミスをしでかさないだろうか、という不安が、まったくないわけではない。だけど、保守点検の手順はしっかり頭に入っているし、実技訓練も繰り返し受けて、すべて身体に叩きこんだ。何かあれば、地上の管制室も助けになってくれる。管制室には幼馴染みの真人《まさと》のやつがスタンバイしている。

だから、ミスを気にして眠れないほど不安、というわけじゃない。

不安というのは、期待と紙一重だ。

俺はもう、めちゃめちゃ期待している。

期待で眠れなかったのだ。

初めて、それに乗る――。

自分はその瞬間、いったいどんな気持ちになるのだろうか。生まれて初めて地上を離れる。わくわくするとか、どきどきするとか、そんな陳腐な言葉しか今は想像できない。ベッドの上で、枕を抱いてごろごろ転がりながら、俺はそんなことばかり考えていた。

エレベーターが一階フロアに停まった。

『拓海、そろそろ着いたか』

篠原《しのはら》真人の声が、ヘッドセットに飛び込んでくる。

「いま一階に着いたところだ」

『スタンバイしたら連絡をくれ』

「了解」

——いよいよだぞ。

階段を下り、〈ホーム〉にそっと足を下ろした。靴の裏が、かすかにコンクリートに触れる瞬間を、じっくり味わうつもりだった。

——ない。

ちょっと待て。——いやいやいや。こいつはやり直しだ。もう一度階段に戻り、それからゆるりと足を下ろす。つま先からかかとまで、そろそろと足の裏を〈ホーム〉につける。

——嘘だろう。

なんでわくわくしないんだよ、俺。なんでちっとも盛り上がらないんだよ。

がっかりした。

俺ってどうしていつも、こうなんだろう――。

小学生の時には、遠足が楽しみでたまらず、翌日の行程のすべてを前夜リアルにシミュレーションした。

そしてあれほど期待していた遠足が始まってしまうと、自分の妄想のほうがずっときらきらしくて楽しくて、なんだこんなものかと声に出して言って先生に睨まれた。

高校生で生まれて初めて行ったアイドルのコンサート前夜、わくわくしながらセットリストまで検討して、完璧に翌日のコンサートを妄想の中で体験した。

ところが始まってしまえば、俺の妄想のほうがよっぽど自分好みで面白いのだ。これなら家でＣＤでも聴いているほうがマシじゃないか?

――本番はいつも二番煎じ。

重いスポーツバッグを、どさりと〈ホーム〉の床に投げ出し、〈それ〉を見上げる。

目の前に、四本のケーブルで支えられた、でっかいボウリングのピンみたいな物体がそびえている。観光バスをひとまわり大きい流線型にして、地面に垂直に立てたようなと言えば、なんとなく雰囲気をつかんでもらえるだろうか。

今日俺は、生まれて初めてそれに乗る。昨夜の妄想の中では、鼻息も荒く興奮しつつ、あくまで外見は平然とした態度を崩さずにそいつに乗り込む。その、つもりだったのに。

どうしてこんなに平常心なんだろう。

ひょっとして俺には、人並みの感情が欠けているのか？

もちろん、俺はこいつを初めて見るわけじゃない。訓練機は毎日のように見ているし、実機だって見送りに来たこともあるし、メンテナンスに立ち会ったこともある。

だからいまひとつ盛り上がりに欠けるのかもしれない。

――だけど、スイッチを入れる瞬間なら話は別だ。あるいは、地球を見下ろした瞬間なら――。

「タクミ、機体チェックはすべて終了したわ。あとは最終チェックだけよ」

〈ホーム〉で五人のサポーターが機体の継ぎ目や計器のチェックをしている。そのひとりキャシーが、こちらに気づいて報告してくれた。

「OK。ありがとう」

「タクミはこれが初搭乗ね。頑張って」

キャシーの肌は、相変わらずきれいなミルクチョコレート色をしている。その美味しそうな頬に、彼女は深いえくぼを作って頷いてくれた。ちょっと、気持ちが救われる。

俺は、そいつの開口部に掛けられた、梯子を上った。スペースファースト社のエレベーター、〈スペース・カーゴ〉。

ただのエレベーターじゃない。宇宙エレベーターだ。

今から俺は、こいつに乗って宇宙に行く。


「電池残量九十七パーセント」

「電気系統問題なし」

「カーゴ内気温二十二度。湿度六十パーセント」

俺はジェット機のコックピットみたいな、狭苦しい制御室のシートにおさまっている。最終チェックシートを見ながら、ひとつずつ確認していく。無線の向こうでは、真人がいちいち復唱し、管制室側のチェックシートを埋めているはずだ。決して、人間の記憶には頼らない。

それが俺たちの仕事の鉄則だ。

真人の声は、子どもの頃から聞き飽きた、澄まし声だった。こいつは、俺の「つむじの法則」を聞いても笑わなかった、数少ない人間のひとりだ。大学時代に、どうせ笑われるんだろうなと思いながらも、ネタのつもりで披露してみたら、冷静に否定しやがった。

いいか、とその時真人は身体を乗り出し、とびきり真面目なツラをした。

(女は食欲で選べ)

(——はあ?)

(一緒にメシ食ったらすぐわかるんだよ。食欲のある女は、いい女だ)

真人によれば、性格が朗らかであけっぴろげないい女は、デートの時でもモリモリ食べるんだそうだ。そういう女は細かいことを気にせず、包容力もあるから、いざという時に頼れるんだというのが真人の言い分だった。

題して真人の「食欲の法則」。

俺たちは似たもの同士だ。

「ドア閉鎖。有効積載量チェックＯＫ」

現在の宇宙エレベーターが運び上げることができるのは、十トンの荷重だ。今日の貨物は、静止軌道上に建設予定の、太陽光発電所の発電用パネルなどの部品。食糧と日用雑貨、ステーションで暮らしている社員への、家族からの手紙など。耐荷重が決められているので、搭乗員の体重管理や持ち込む荷物のチェックも厳密に行われている。

今回のように、上に運ぶのが貨物だけなら気が楽だ。社員や国連の職員、宇宙開発に関わる研究者を運ぶこともあるが、そうなると乗客のお世話までメンテナンスマンの仕事になってしまう。

『開口部、視認チェック完了』

「了解」

機内のコントロールパネルにも、開口部が完全に封鎖されたことを示すグリーンのLEDが点灯している。

「カーゴ、最終チェック完了」

『管制、了解。出発三分前。サポート要員は、すみやかにホームから退避せよ』

真人の指示で、キャシーたちが退出する。

『レーザー照射開始』

さあ来るぞ、と俺は充電池の残量を示す計器を見つめた。〈カーゴ〉の底には、太陽光発電のパネルが取り付けられている。そこに、真下からレーザー光線を照射して発電し、動力源にするのだ。レーザービームがパネルに当たると、電池残量計の数値が微妙に動き始めた。

『発進一分前。……二十八、二十七、二十六、二十五……』

真人のカウントダウンが始まった。右手を動力スイッチに当てる。――いよいよだ。

『……六、五、四、三、二、一、カーゴ発進』

「カーゴ、パワーON」

丸い、赤の動力スイッチを押すと、モーター音とともに、かすかな振動が身体に伝わってくる。がっちりとケーブルを摑んだ四つのローラーがゆっくりと回転し、〈カーゴ〉が上昇を始めたのだ。

ロケットのように、発射と同時に白煙が吹き上げ、みるみるうちに機体が飛翔し宇宙空間に吸い込まれていく――わけではない。

〈カーゴ〉は、ゆるゆるとケーブルを登って行く。上昇速度は、初速の時速数十キロメートルから、時速二百キロメートルで安定するまで、ぐんぐん速くなる。計器盤のLEDがすべて緑色になり、走行が安定した状況を示すまで、シートに腰を落ち着けたまま待たなきゃならない。

「オールグリーン。上昇速度二百キロ」

時速二百キロというのは、だいたい新幹線と似たようなスピードだ。宇宙に向かって、新幹線が走っているようなものだ。

『管制、了解』

これで、出発時の管制とのやりとりは終了。

あとは必要に応じて管制を呼びだすことはできるが、基本的にはこれから、静止軌道ステーションに到着するまでの七日間、俺はエレベーターの中、ひとりきりで過ごす。

初めての宇宙旅行だ。一週間なんて、あっという間に過ぎてしまうことだろう。

俺は、十七人めのメンテナンスマンだ。

最初から五人めくらいまでは、会社も初搭乗の前に壮行会をやったり、エレベーターの出発時にはマスコミを呼んで、フラッシュが焚かれるなか盛大に見送ったりしていた。十人めを過ぎるころからは、だんだんイベントも減ってきて、ニュースに取り上げられることもなくなり、今となってはすっかり当たり前のように、エレベーターは月に二回の割合で出発している。

――宇宙エレベーター〈スペース・カーゴ〉。

軌道エレベーターと呼ばれることもある。おそろしく単純に言えば、静止軌道上に浮かべた衛星から、地上まで届くケーブルを垂らし、そのケーブルを上下するエレベーターのことだ。衛星からは地球と反対側にもケーブルが延びておもりがついており、遠心力と重力でうまくつり合いが取れている。人類はついに、ロケットの力に頼ることなく、地球を脱出することができるようになった。

ほんの二十年くらい前に、こんな話を聞いた人間は、「冗談だろ」と言って嘲笑を浮かべるのが普通だった。まあ、俺の「つむじの法則」と同じ扱いだ。

三年前にスペースファースト社が、〈スペース・カーゴ〉初号機を、ここオーストラリアはパース沖のインド洋に建造してしまうまでは の話だ。

大昔から理論は存在したが、あまりにも早くできてしまったので宇宙事業の関係者がみんな、「冗談だろう」と呟いた、らしい。

ファーストフード産業みたいな名前の企業が、なにやら妙なものを設計している、という噂を俺が耳にしたのは、五年前のことだった。まだ、日本の航空会社で航空機の整備士をやっていた頃だ。風洞実験を受託する会社に勤めている奴から、こんど面白い仕事を引き受けたから見に来ないかと誘われた。それが、〈カーゴ〉のベータ機だった。

ボウリングのピンのような、新幹線のくちばしのような、なめらかな形の機体を見て、俺は何が何だか知らないが、わくわくした。見ただけで、風の抵抗をぎりぎりまで減らすために考え抜いた設計だと思ったし、風洞実験そのものも、ピンの上部から吹く風だけでなく、四方から吹く風に対しての流体解析を行っていた。

「翼も車輪もないのに、どうやって動くんだ?」

俺の質問に、奴はにやりとした。

「隠れているが、ここにローラーがあるんだ。こいつでケーブルを登って行く。――これは、宇宙に行くエレベーターなんだよ」

俺は、〈カーゴ〉に恋をした。

どうして、と尋ねられても答えようがない。初めて見た流線型のボディが美しかったとか、風洞実験の結果を見て驚いたとか、そんな理屈を言うこともできるけど、そんなのは後知恵だ。

ただ、理屈抜きに惹かれるものがある。

「スペース・カーゴなんか、どこがいいのか説明してもらわなきゃわからないよ」と言うようなやつは、彼女に「あたしのどこが好きなの?」と迫られて、すらすら答えられるのかっていうことだ。

好きになるのに、理屈はいらない。

強いて言うなら、こいつが自分を宇宙に連れて行ってくれるかもしれない――そんな気は、した。俺の目にはまさしく〈カーゴ〉が垂直に延びるケーブルを、宇宙空間に向けてまっすぐ登る姿が、映るのだ。

帰ってすぐ、俺はスペースファースト社の連絡先を調べ、技術者募集の案内を見つけて、応募した。ひとり暮らしの三十代にとって、オーストラリアで生活することは、あまり苦にはならなかった。

四時間の勤務、一時間の休憩、また四時間の勤務。残り十五時間は睡眠と、体力維持のための室内運動、休憩などに割り当てられている。時間管理はきっちり地上の管制室がやってくれていて、時刻になれば管制官が話しかけてくる。もちろん、勤務時間外であっても、〈カーゴ〉に異常が発生すれば、すぐさまサイレンが鳴って呼び出される。こちらは命に関わるのだから、否やはない。

――時速二百キロ。

地表から百キロ以上の上空を宇宙と考えれば、およそ半時間で宇宙に到達。二時間もすれば、ＩＳＳ（国際宇宙ステーション）の軌道も越えてしまう。

制御室の床で腹筋運動とスクワットをやっている。懸垂用のバーもついているのだが、身長が高すぎて、頭が天井につかえるので使いにくい。

子どもの頃は、宇宙飛行士になりたかった。〈はやぶさ〉帰還の時、真人の家で真人と真人のお父さんと一緒に、インターネットで中継された、燃え尽きる〈はやぶさ〉の動画を見た時からずっと、いつか自分は宇宙飛行士になって、まだ見ぬ世界を見に行こうと心に誓った。

その夢がついえたのは、高校時代だ。

身長が伸びすぎてしまったのだ。

ＪＡＸＡの宇宙飛行士採用試験は、身長百五十八センチ以上百九十センチ以下の人間にしか開かれていない。泣く泣く諦めて、普通のメカニックへの道を歩んだのだ。それでも航空会社に勤めて整備士などをやっていたのは、少しでも空に近い仕事をしたかったから。

それほど宇宙に来たかったくせに——いま実感がわかないのは、重力があるからだろう。

宇宙飛行士たちが無重力状態になるのは、ＩＳＳや衛星が地球に向かって落ち続けているからだ。高度が下がらないように、ＩＳＳや衛星は地球の表面に沿う軌道上をものすごいスピードで飛んでいる。つまり、重力と慣性力のつり合いが取れているので、衛星は落ちてこないし、宇宙飛行士は無重力状態になるのだ。上に向かって走り続ける〈カーゴ〉の中では、重力の影響から逃れることはできない。

重力ってのは、意識の上でも、人間を地球に縛りつけているようだ。

「ここ、ほんとに宇宙だよな?」

時に、再確認したくなって制御室の窓にとりつく。窓を覗くと、高すぎる背をかがめるので不自然な体勢になってしまう。

分厚い窓の下に見えるのは、まぎれもなく地上数千キロメートルの地点から見た、われらが地球だ。インド洋に佇立する宇宙エレベーターから見るので、南半球側がよく見える。ISSは地上四百キロメートルの軌道を九十分で一周する速度で飛んでいたから、もっと地球が大きく見えたし、地球のいろんな場所、いろんな時間帯を見ることができた。〈カーゴ〉から見えるのは、ずっと同じ位置だ。オーストラリア大陸と逆三角形のインドが、白い雲の間にくっきり見えている。

たしかに美しい光景だ。

しばらく、ぼんやりと窓の下を眺めていた。なぜ自分は落ち着いているのだろう。なんだかもどかしい。

目の下に見えているのに、手は届かない地球のようだ。あれは、ひょっとして地球の模型じゃないだろうか。

初期の〈カーゴ〉は無人で運転されていた。安全性が確認され、有人で運転してもいいと許可が下りるまで、一年ほどかかったはずだ。

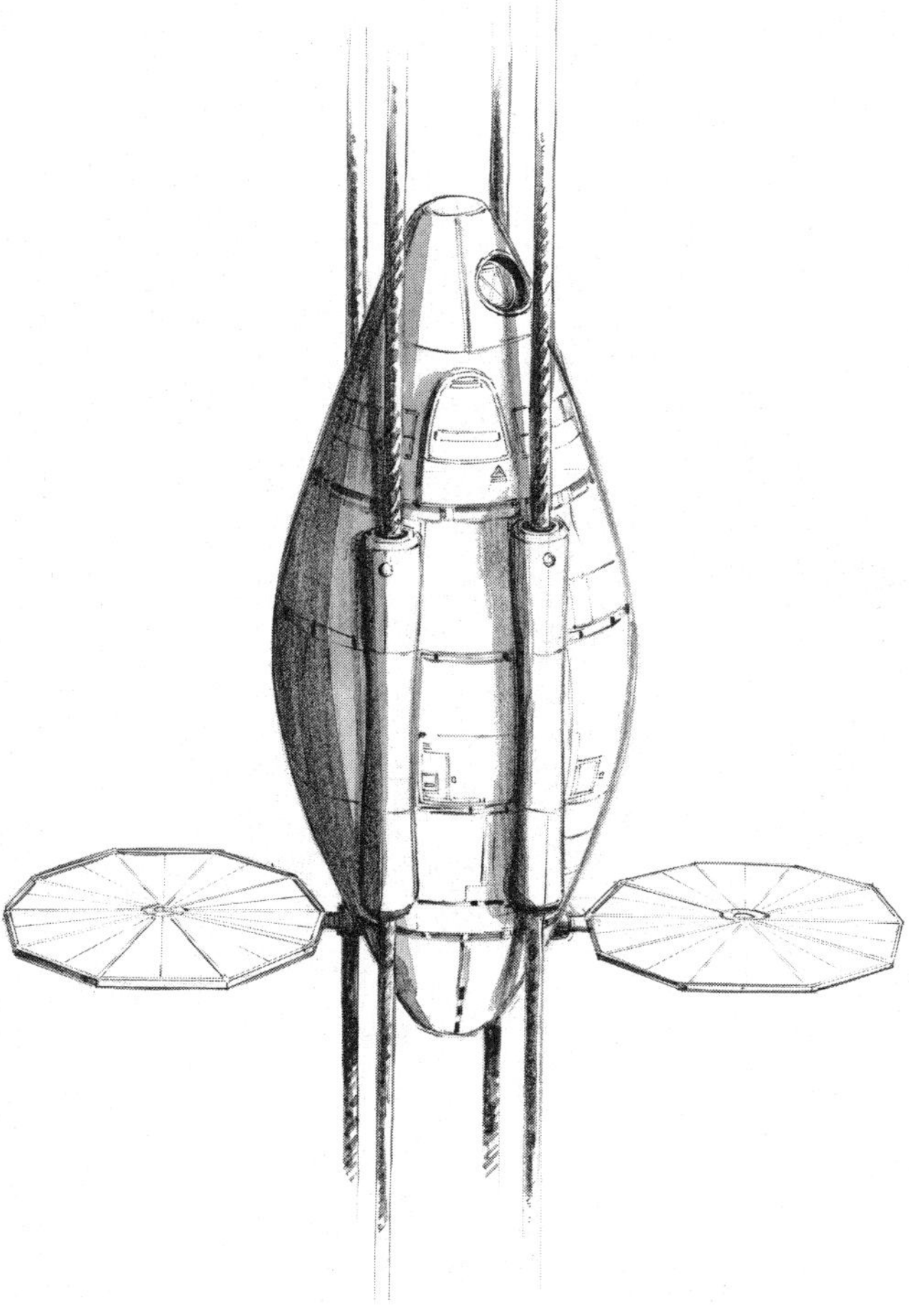

その間、メンテナンスマン候補生は地上での保守業務と、ステーションでの保守業務、〈カーゴ〉運転中の保守業務などの訓練を受けていた。

俺は入社が遅れたので、今年の夏にやっと、第一種整備士の資格を取得して、晴れてメンテナンスマンになれたというわけだ。第一種に合格すれば、ひとりで搭乗してステーションまで〈カーゴ〉を持って行くことができる。

いま稼働中のエレベーターは一台きりだが、現在建造中の複線が完成すれば、稼働するエレベーターの数は一気に十台以上になる予定だ。その時を見越して、メンテナンスマンの数はまだ増え続ける。

複線化ができれば、輸送量も一気に増える。ステーションのさらに上空には、太陽光発電所を建設する予定で、電力会社の建設作業員も送りこまれる予定だ。観光客への公開も間近。故障したり動力源が切れて動かなかったりして、宇宙のゴミとして漂う衛星をキャッチし、再生する新規事業も既に検討され、実現を待つばかりだった。

どんどん、宇宙が身近な世界になる。

その、偉大な歴史のひとコマに参加しているというのに。

(俺はこんなに醒めてる)

なんだかあまりにもったいなくて、べったりと窓に額を押しつける。

俺は自分のつむじだけは、まだ見たことがない。どうせ、勝手気ままにあっちこっち向いてはえてやがるんだろう。どこまでもマイペースなつむじなのに違いない。

もっと感動しろよ。

いま俺、宇宙に来てるんだぜ。

せっかくだから、気のきいたセリフのひとつくらい、思いつけよ。

「無重力で食うラーメンの味は、格別だぜ」

——いや、これじゃダメか。ラーメンのCMにもなりやしない。

たしか、初代メンテナンスマンのアンディ・ミケルソン、通称「マンデイ」あたりは、マスコミの取材に応じて気のきいた発言をしていたはずだ。宇宙飛行士になれるのは、限られたエリート。しかし、宇宙エレベーターのメンテナンスマンは、機械が好きならおそらく誰でもなれる。

「鼻歌まじりに宇宙に来たよ」

ちくしょう、何気にかっこいいじゃないか。

そんな言葉、今の自分からはどこを探したって出てきやしない。

ずるずると、宇宙食用のインスタントラーメンをすする。

上昇中の食べ方は、地上で食べる時とほとんど変わらない。宇宙食用は、少し味を濃くして、汁が跳ねないように、とろみをつけている。その違いを感じるだけだ。

無重力空間で食べる時は、汁が飛ばないように、小さな蓋を開けて少しずつ口の中にそっと流し込む。猫舌の人間には難しい食べ方だ。

『ほんとにラーメン好きだな』

麺をすすりこむ音が聞こえたのか、管制室にいる真人が、呆れたように言った。確かに、毎日二食、カップ麺を選ぶメンテナンスマンは、俺くらいなものだ。言われるまでもなくそろそろ飽きてきた。

初期の〈カーゴ〉が無人で運転していたことからもわかるように、〈カーゴ〉は遠隔操作による運転が可能だ。

ステーションでの作業が必要でなければ、メンテナンスマンが乗り込まなくてもいいようなものだ。到着までは、たいしてやることもない。

メンテナンスマンは、炭鉱のカナリアみたいなもんだ、と皮肉屋の誰かが言った。

炭鉱を掘り進むうちに、有毒なガスが充満する可能性がある。カナリアは汚れた空気の中では生きられないから、カナリアが生きている間は炭鉱の中は安全だという証になる。

人間の五感ほど素晴らしいセンサーはまだ存在しない。〈カーゴ〉のセンサーは、機体の重量バランスや温度変化などを二十四時間計測し、地上に送信している。機体に起きた変化や、ちょっとした故障の予兆などを、センサーは捕えてくれるはずだ。それでも、メンテナンスマンの感覚にはかなわない。まず、人間は匂いを嗅ぐことができる。ケーブルが摩擦熱で焼けそうになっていたり、機体の中に設置されたトイレが故障したりしていれば、鼻がまず異常を察知するだろう。機体の振動もすぐ感じることができる。それから音。通常なら聞こえないような異音が聞こえれば、それも何かの異常の印に違いない。人間は万能センサーだ。

センサーの俺は、制御室の計測器を睨み、そこに表れた数値に異常がないか確かめる。勤務時間には何回か、制御室を出て与圧された貨物室に行き、貨物の状態や機体に問題が起きていないかなどを確認する。

『タクミ、なんだかご機嫌ななめね』

ヘッドセットから管制官のエミリーが話しかける。俺はご機嫌ななめなのか？

「そうかな」

『さっきからひとりで何かぶつぶつ言ってたわよ』

いつの間にか、日本語で独り言をつぶやきながら作業をしていたらしい。なにしろ周囲に人がいない。ヘッドセットの存在など、すぐに忘れてしまう。自分の声でも聞いていないと、この世に生きている人間は自分ひとりのような気分になってくる。

ああ、かったるい。

静止軌道ステーションに到着するまで一週間。そんなの、あっという間に過ぎるんじゃなかったのか。

——ふう、と俺は知らずため息をついている。

実際のところ、機器故障などのトラブルなんて起きないから、仕事はほとんどないのだ。毎日毎日、同じことの繰り返し。休憩用に携帯ゲーム機だって持ってきたが、やることがないのでそればかり遊んでいたら、すっかり飽きた。どうやら退屈ってのは、人間をスポイルするらしい。

一応、メンテナンスマンの訓練には、閉鎖環境でただひとり、一週間生活するという訓練も含まれている。いま俺は、太平洋をひとりきりでヨットに乗って渡った日本人冒険家を、心から凄い男だと思う。

メンテナンスマンは炭鉱のカナリア、カナリアは唄う、宇宙で。ぐるぐると無意味な言葉が俺の中で巡る。

たったの三日でこれだから情けない。ひとりぼっちで宇宙にいる、ということが、実感を伴った。

俺はついに、本当に宇宙に来てしまったんだ。

窓の外を覗けば、一万五千キロかなたの地球が見える。地球の直径は一万二千キロちょっとだから、それ以上離れてしまったわけだ。確かに、昨日と比べて少し離れたのがわかる。だけど、変化があるとすればそれだけだ。

じりじりと遠ざかる地球。

制御室に戻り、シートに座りながら、俺は〈カーゴ〉に乗って以来感じ続けている悔恨に似た気分の正体に、ようやく気がついた。

ずっと、宇宙に出たいと思っていた。まだ見ぬものを見ようと思った。子どもの頃からの憧れだった。

とうとう、本当に来てしまった。

祭りはこれで終わるのか。子どもの頃の遠足や、高校時代のコンサートのように。始まったものはいつか終わる。宇宙に来るという目標を、俺は達成してしまった。

いつまでも達成しないほうが良かったんじゃないか。「その時」をいつまでも引き延ばして、どきどきわくわくしていられるほうが、自分にとっては幸せだったんじゃないか。

俺はようやく、そのことに気づきはじめている。

乗ってしまえば終わる。大きな目標。壮大な夢。それを、失ってしまう。

胸の中に、風が吹きわたるような気分だ。

他のメンテナンスマンたちはどうだったのだろう。宇宙飛行士たちだってそうだ。あれほど行きたいと願った宇宙に飛んだ時、宇宙は想像を超えるスケールの喜びを、彼らに与えてくれただろうか。その後の長い人生を頑張って生き続けるよすがを、与えてくれただろうか。

ひょっとして、俺はメンテナンスマンになどならないほうが、良かったんだろうか。


俺の身長だと、制御室に寝袋を敷いて寝ると足がつかえる。

それで、〈カーゴ〉に乗ってから、毎日貨物室の通路で眠っていた。下着も作業服も着替えずに一週間を過ごすのだが、特殊な繊維をつかっているせいで、ちっとも臭わない。不思議なくらいだ。

なんだか退屈な一日だった。俺は、半時間以上も悶々と寝袋の中で寝返りを打っていた。

眠る時だけは、ヘッドセットを外していい。もし緊急事態が発生すれば、全艦にサイレンが鳴って知らせてくれる。

「くそう」

ため息をつきながら起きあがり、トイレに行こうと立ち上がった。

自分でも驚くほど、ショックを受けていた。まさか、本当に自分自身が、〈カーゴ〉に乗ることを心から喜べないなんて、考えてもみなかった。

しかしたぶん、それが真実なんだろう。

ぼんやりと用を足した俺は、ウェットティッシュで手を拭こうとして棚に手を伸ばし、何かを目の隅にとらえた。

妙なものを見た。

俺は思わず吹き出した。

自分の意識がキャッチしたのは、天井すれすれの高さに、ボールペンのようなもので書かれた落書きだった。

『二〇三〇年五月　星加正』

身長百九十五センチの俺は、ときに他人が意図しない目線でものを見てしまう。たとえば友達の家に遊びに行き、高い梁などの上に貼り付けられた、誰かのへそくりを見つけこっそり頂いてしまったことも一度や二度ではない。隠しカメラを見つけてしまうこともある。ホテルの部屋でお札を見つけることも。

しかし、まさか〈カーゴ〉のトイレで落書きを見つけるとは思わなかった。

機体に傷をつけるのはさすがにまずいと思ったのか、遠慮がちにペンで小さく書いている。普通の背丈なら、見逃すだろう。どことなく、落書きしながら、いたずらな表情をしている男が目に浮かぶ。

この高さなら、俺と同じくらい背が高いのでなければ、こっそり便器の上に上って書いたのだろう。想像するとほほえましい。

ホシカと読むのだろうか。スペースファースト社にそんな名前の社員はいないから、日本人なら国連かＪＡＸＡの職員かもしれない。まだまだ数は少ないが、〈カーゴ〉は乗客を乗せて静止軌道ステーションとの間を往復することもある。宇宙エレベーターのメリットを説明するには、実際に乗ってもらうのが一番だからだ。広報担当が、発信力の強そうな人間にアプローチして、協力者にしたてあげようとしているのだろう。

「ちぇ。運のいいやつだなあ」

俺は指先でその落書きをはじき、にやりと笑った。この男は、〈カーゴ〉で宇宙に出る時わくわくしただろうか。よっぽど嬉しかったのだろうか。思わずサインを残してしまうほど。

戻って寝袋に潜り込むと、今度はすぐに眠れた。夢の中で、いろんな連中が〈カーゴ〉に乗っていた。壁にスプレーで落書きをするやつ。宇宙ならフラフープがうまくなるんじゃないかと言って、腰を振るやつ。自転車を漕いで走りまわっている迷惑なのもいた。

さすがに自転車はやめろと抗議すると、俺はステーションを自転車で走るつもりだという。ステーションは無重力状態だから走れないと指摘すれば、にっこり笑ってそのうち走れるようになるさと言った。

『今回は、無事故、トラブルゼロで上まで行けそうだな』

真人の声に俺は計器盤を睨んだ。

「そんなことを口にすると、とたんにトラブルが起きたりするんだ。禁句だ、禁句」

『なるほど、そうかも』

技術者というのは、意外に迷信深いものだ。最先端の航空機を整備していても、ポケットの中には交通安全のお守りが入っていたり、ＩＴ企業の本社に、システム稼働の無事を祈って神棚が祭ってあったりする。人間なんてそんなものだ。

出発間際にすばらしくきれいなつむじを見たのだって、最高の験かつぎだ。次回、ステーションに登る時には、交通安全のお守りを持ってこよう。トイレの落書きを見て、そんな気になった。普段と同じが一番いいのだ。

俺は訓練で身体にたたきこんだ手順どおり、機器をチェックし、機体の内部を点検し、外部の各所に取り付けられたCCDカメラの映像を確認する。——異状なし。

宇宙に出たからといって、過剰に感激しないのは、当然のことだ。そのために厳しい訓練を受けてきた。これで良かったんだ。

俺は今朝になってやっと、そういう気持ちになっていた。

自分にとって、宇宙はもう日常だ。今はたったの月間二往復に過ぎないが、近い将来きっと、一日に何回も〈カーゴ〉が地上から発車することになる。

俺たちメンテナンスマンは、その日が一日も早く訪れるように、そして世界中の人々が、ひとりでも多く自分たちの目でステーションから地球を見ることができるように、毎日〈カーゴ〉の安全運転に全力を尽くす。

それは、気が遠くなるほど退屈な日々かもしれない。同じことの繰り返し。確認、チェック、確認、チェック。本当に地道なルーティンワークの積み重ねだけが、宇宙に行くエレベーターを支えるのだ。

日常に、感動なんてしている暇はない。

これはもう、特別な人間だけの夢じゃない。

『拓海。いま、日本の気象衛星が、面白い映像を送ってきたんだ。窓から、地球が見えるだろ』

真人の声が、なぜか笑いを含んでいる。

「面白い映像?」

『うん、見てみろよ。たぶん気に入るから』

気に入るってのは、どういうことだろう。

制御室のシートから降り、窓を覗きこむ。五日目にもなると、もう地球はその全体が見えるくらいまで小さくなっている。

あんなに遠いところから、来たのだ。

俺はしみじみとその和やかなブルーと白の球体を見つめた。

『インド洋のあたり。見えるだろ』

真人の声に、俺は目を見張った。

なるほど、これは——すごい。

鮮やかな青を背景に、白い雲が驚くほど巨大な渦を巻いている。まるで地球のつむじのように。

『どうだい。そいつ、性格良さそうかな』

真人のやつが、真面目くさって尋ねた。

——まだ見ぬ世界を見に行きたい。

俺の口もとが、自然にほころぶ。

なめらかで、雄大で、まるで球体をその手でそっと抱きしめようとしているような、地球の〈つむじ〉。こんなに美しいつむじを見たのは、おそらく初めてだ。

「おう。こいつ、最高にいいやつだぜ!」

地球の〈つむじ〉が、俺のメンテナンスマンデビューを、二万一千キロのかなたから祝福してくれている。

似てないふたり

高橋源一郎

たかはし・げんいちろう／
1951年生まれ。小説家。
明治学院大学教授。
代表作は、『さようなら、ギャングたち』
『優雅で感傷的な日本野球』『日本文学盛衰史』。
最新作は、『「あの日」からぼくが考えている「正しさ」について』。
現在は、ふたりの男児の父。

「お子さんたち、パパにそっくり！」という人も多い。そうなのか？　ぼくには、よくわからない。「お子さんたち」が、ぼくにそっくり、ということは、この兄弟は、よく似ているということになるのだが、信じられませんね。

今年四月に小学生になる「れんちゃん」は保育園の年長さん「しか組」で、身長は上から三番目（一番デカいTくん、あの子は規格外なので、実質二番目だ……）。その一つ下のクラスにいる「しんちゃん」は、三月末の生まれなのに、身長は上から二番目。ふたりとも、デカい。共通点は、それぐらいではないか。

「れんちゃん」は寝起きがいい。それも半端じゃない。いちおう、目覚し時計をかけてはいるのだが（七時に）、その前に起きる。熟睡している状態からいきなり、むっくり起き上がる（面白いので、ベッドの陰から、よく観察してます）。

そして、ぼくと目が合うと、「ぱぱ、てれび、つけていい？」。「いいよ」と答えると、ダッシュでリビングへ向かう。起きて、まだ十秒もたってないのに！　でも、目覚まし時計で起きる時は、もっとすごい（これも観察しています）。ジリリリッとベルが鳴る。その（ほんとに）瞬間、寝入っていたはずのれんちゃんは、ベッドの上にぴょこんと起き上がり、目覚ましを摑んで、ベルを止める。

その間、一秒。秒殺である。もう、絶対、起きて待っていたとしか思えぬ早業だ。しかも、ベルを止めながら、ひとこと、セリフをいうのである。「きょうはいっしゅんのうちにおきた」とか「あっというまにおきたぞ」とか。不思議だ。ぼくは、れんちゃんから見えないところで観察しているので、どうやら、観客とは無関係に、ひとりごとをいうらしいのである。

さて、「しんちゃん」である。こっちは、起きない。似ているのは、その「起きない」度合いが半端じゃないところだ。いくら揺り動かしても、絶対、目を開けない。何分（というか何十分）やっても同じ。なので、強制的にダッコし

て、ベッドから連行する。まず、トイレへ連れていって、オシッコをさせます。でも、目は開いてない。だから、目を瞑ったままのしんちゃん様の、ちんちんを持ってさしあげ、それから耳もとで「オシッコ」と呟く。すると、ジャー。ということは、聞こえているのは確からしい。でもって、ちんちんを収納して、蛇口の前に連れていき、「てをだして」というと手を差し出す。「てをふいて」といって、タオルを手の上に乗せてあげる。すると、タオルで手をふく。それから、またダッコしたまま、食卓に移動する。れんちゃんはもう朝食を食べている最中である。しんちゃん様を椅子に置く。それから、ヨーグルトを出す。

でも、しんちゃん様は、目を瞑っているので、何が起こっているのかわからない。だから、しんちゃん様の手にスプーンを握らせて、「ヨーグルトだよ」というと、しんちゃん様は、お食べになるのである。もちろん、目を瞑ったまま！　食事が終わるまで、ずっとです。

れんちゃんは、几帳面だ。ごはんだって、一粒残さず食べる。家族の中で一番、食後の食器が美しい。食器の下に敷くビニールがほんの少しでも、テーブルと平行ではないと、そのずれを調整しないと食べてくれない。「れんちゃん、おもちゃをかたづけて」というと、おもちゃばかりか、そのあたりに転がっているものすべてをどこかに収納して、ぴかぴかにしてしまう。

　となると、当然の如く、しんちゃんは正反対で、ごはんは、口からぼろぼろ落とす。食事が終わった後の、しんちゃんの席の前は、想像を絶する状態になっている。おもちゃだって片づけない。「どうして、かたづけないの！」というと、「だって、れんちゃんがかたづけるから」。って、そんなことをいって、いいのか、しんちゃん……。確かに、一度、脳炎で入院したこともあるし、弟だということで、甘やかしたからだ、といわれれば、すいませんと謝るしかない。「ダッコ」といわれたら「はいはい」といって、リビングからトイレまでの五メートルを毎回「ダッコ」して移動しているなんて、とても、よそ様にはいえないことだ。だがね。次の事例は、どうだろう。

　しんちゃんの、得意なことばは、「あいしてる」である。その次は「だいすき」だ。それでもって、もっとも得意な技は、チューなのである。ほんとに、すごいです。しんちゃんの唇はぶあつい。とりわけ、上唇が。なにしろ、まだ、胎内にいる時から、超音波写真を撮影する度、先生が、「この唇……すごいですね」といっていたぐらいなんだから。その、唇を、微かに開けて、そっと近づきながら、「あいしてる」と囁いて、頬とか、唇とかに、チューしてくれるのである。こんなことをいっては、どうかと思うが、ほんとにドキドキする。いや、しんちゃんにチューされた人たちは、みんな異口同音に「ヤバすぎる！　この子！」とおっしゃるのである。

　れんちゃんは……逆に、心配だ。「あいしてる」も「だいすき」もほとんどない。質実剛健なのか。

「れんちゃん、チューしようか」というと、してくれるのだが、タコみたいな口をウワーッと押しつけるだけ。色気もなにもあったものじゃない。大丈夫なのか……いろいろと。

　こんなことは序の口だ。食べ物から、服の趣味、マンガやアニメから、遊びまで、このふたり、とことん違う。ちなみに、しんちゃんは「れんちゃん、だいすき」といって追いかけるのだが、れんちゃんは、まるで「うざい」とでもいうようにつれなくするのである。（ほぼ）同じ遺伝子で、（ほぼ）同じように育てているのに、なぜかくも、兄弟は違うのであろうか。聞くところによれば、どの兄弟（もしくは姉妹）も、同じように、「ことごとく異なってしまう」ものであるらしい。そういえば、ぼくにもひとりだけ弟がいて、ほんとに、まるで、ぼくとは違うのだった。

　おそらく、それでいいのである。神さまが、そうお決めになったに違いない。気がつくと、れんちゃんとしんちゃんは黙々とふたりで遊んでいる。ふたりだけのさまざまな取決めや、ふたりだけのルールや、ふたりだけの新語が、日々生まれる。けんかする。泣く。時には取っ組みあう。違う人間だからである。すぐ近くにいるのに、一年中一緒にいるのに、毎日一緒に寝ているのに、でも、まったく違う人間だから、飽きないのである。違う人間だから、興味深いのだ。

昨日、保育園に連れていったら、どういうものか、しんちゃんが泣き止まなくなりました。困っていたら、れんちゃんが、しんちゃんの手を握って「さあ、いっしょにいこ」といいました。しんちゃんは、おとなしく、れんちゃんに手を引かれて、保育園の門をくぐりました。ありがと、れんちゃん。似てない弟だけど、可愛がってやってね。

7

1981年にスペースシャトルの初飛行が成功した時は、宇宙船の素晴らしい新人として熱狂的に迎えられたものだ。

この1981年には、アメリカでもう一人の新人が華々しい活躍をして人々を熱狂させた。大リーグ球団ロサンゼルス・ドジャースの投手、フェルナンド・バレンズエラ。メキシコ出身の左腕で、得意のスクリューボールで打者を翻弄しまくり、大リーグ史上初めて新人王とサイ・ヤング賞（最優秀投手）をダブル受賞した。で、1981年といえばスペースシャトルとフェルナンド・バレンズエラの年だ。

8

スペースシャトルが打ち上げられるときには2本の補助ロケットがついている。

この補助ロケットのことを「固体補助ロケット」とか「固体ロケット・ブースター」と呼ぶ報道機関が多いのは困ったものだ。英語のSolid Rocket Boosterを直訳しているのだろうが、

ロケットは固体に決まっているではないか。
「固体燃料補助ロケット」もしくは
「固体燃料ロケット・ブースター」と呼ぶのが正しい。
ちなみに、ウィキペディアでは
「固体燃料補助ロケット」と正しく表記している。
エライ！

9

宇宙飛行士達は宇宙で「船外活動」を行うことがあるが、その「船外活動」に費やした時間数の順位が発表されている。この順位に私は違和感を感じている。

「船外活動」といえば、漆黒の宇宙空間に出てプカプカ浮きながら仕事をすることと考えるのが普通だと私は思うけど、アポロ計画で月面を歩いたのも「船外活動」と扱われて順位に入れられているのだ。

そりゃ、月面を歩いたときも船外に出たのはたしかだけど、それと漆黒の宇宙にプカプカ浮くことを同じものとして考えますかね？

私はそうは考えない。

10

アポロ11号が人類史上初めて月面に
2人の男を送り込んで世界を熱狂させたのは1969年。
乗組員は地球に帰還後、ニューヨークで
紙吹雪が舞うパレードを行った。
この1969年は大リーグのお荷物球団とさえ呼ばれていた
ニューヨーク・メッツがワールドシリーズで優勝して
「ミラクルメッツ」となった年。

11

人類史上初めて月面に降り立った
アポロ11号は日本でも有名だが、
月面に降りなかったアポロ8号は
そうでもないみたい。人類史上初めて地球周回軌道を
離れて月に向かい、月の裏側を初めて見たのは

アポロ8号の3人の乗組員達だ。
で、アメリカではアポロ8号の偉業は
高く評価されているし、乗組員3人は英雄だ。
節目の年には記念式典が行われるくらい。

12

アポロ13号では月に向かっている途中で
酸素タンクの爆発が起こり、3人の乗組員達を
無事に地球に帰還させる努力が懸命に行われた。
この事実を映画化したのが『アポロ13』（1995年）だが、
チョット問題があるように思う。
本物の3人の乗組員達に似た俳優が起用されていないことだ。
特に船長のジム・ラヴェルを演じたトム・ハンクス。
同じ「13」でもキューバのミサイル危機を映画化した
『13デイズ』がケネディ大統領を始めとして
本物の政治家に似た俳優を起用しているのとは大違いだ。

to be continued

のピザと

常盤陽

ときわ・あきら／
1972年島根生まれ。日本大学芸術学部卒。
著書に、漫画『プラネテス』の外伝小説
『家なき鳥、星をこえる プラネテス』(2007)。

一九六〇年 ボルシチ

Let's go to space, brother!

「チクショー!」

ワレリーはスターシティに到着した日の感想をそう短く表現した。

モスクワ軍管区からやってきた若き戦闘機乗り、二六歳のアンドリアン・ワレリー。彼を含む男ばかり二五名の軍人たちは、軍令一枚でソビエト中から召集されたのだ。その誰ひとりとしてここに望んで来たわけではなかった。

それは一九六〇年の早春、東西冷戦のさなか……というと、その国がまだソビエト社会主義共和国連邦という説明的な国名であったときだ。モスクワ環状道路をさらに北東に越えた郊外、人間の生活が及ばない森を切り開いて新しい町が作られた。

灰色一色のコンクリ団地、うすきみわるい石積みの外壁で覆われた窓のないビル、巨大な格納庫群、貯水塔、兵舎風のバラック。町とはいえデパートも映画館もボウリング場もない。

大小さまざまな施設の設計者は、その見栄えや住み心地にはまるで関心がないようだった。みじんなりとも芸術性を感じられる建造物があるとすれば、町の中心にそびえる、大鎌を振りかざす集団農場の無名農民をたたえる鋳鉄製の大像だけだろう。むしろそれは、一党独裁の国においては個人の存在などとるに足らないという事実を、見る者にあらためて思い出させるだけなのだが。

軍の資料に二六二六六と便宜的に記載されたその町は、のちに誰が名付けたのか「スターシティ」と呼ばれることになる。人類初の有人宇宙飛行計画＝ボストーク計画のために建てられたソビエト初の宇宙飛行士訓練センターと、その関係者が暮らすためだけに作られた町だ。

ワレリーたち二五名は、その最初の宇宙飛行士候補生だった。ソビエト空軍に所属する若い男の戦闘機乗り。身体健康で、過去にも病歴はなく、身長は一七五センチ以下、体重は七二キロまで。能力や適性を調べるいくつもの運動試験や、精神科医や心理学者らによる精密な取り調べを経て、選抜された者たちだ。

だが、彼らにしてみれば、軍からの命令によってわけもわからぬまま選抜試験を受験させられただけだ。秘密保持のため、半年もの長きにわたった選抜試験の過程では、その目的すら知らされなかった。しかし、仮にそうでなかったにせよ、「宇宙飛行士」という仕事を正確に理解できる者はいなかったであろう。なにしろその肩書きを持つ者は、この世にまだひとりも存在していないのだ。

「ダマされた」

「上官に強制された」

「顔がいいから選ばれた」

候補生たちは自分がスターシティに来るはめになった理由をそのように主張した。

そうして集められた彼らには、身体的特徴や職業以外に、ひとつの共通点があった。党の高級官僚を身内に持つ者が誰もいないのだ。真のエリートに毛並みが良い者が多く、さらに買収や賄賂が当然のように行われるこの国の選ばれた集団にあって、これはとても珍しいことだった。

ワレリーの場合もそうだ。彼も典型的なソビエト労働者階級の出身だった。

ヴォルガ河流域にある小さな共和国の貧家に生まれ、その地域で育った者の当たり前として職業学校で造林を学んだあと、青年時代は土地の営林署に勤務した。

戦闘機乗りに転身したのは、二〇歳で受けた徴兵がきっかけだった。一年間の義務期間を終えて軍の航空訓練校にすべりこむと、冷静な判断力を持つ優秀なパイロットと評価され、ソビエト空軍の中心であるモスクワ軍管区へと配属される。

軍での生活はきわめて順調だった。そして昨年の夏、目的を秘された試験を受けるよう命じられた時には「またひとつ自分の望みに近づいた」と彼は文字通り飛び上がって喜んだ。彼はこれを、ソビエト戦闘機乗りの花形＝ミグのテストパイロットの採用試験だと誤解したのだ。

順風満帆なときほど、人は自分に都合の良いように考えてしまうものなのだろう。それを笑うのはいささか酷な話だ。

試験の本当の目的とその結果を軍令によって初めて知ったワレリーは、それを携えてきた選定担当者が差し出した右手を握り返すことしかできなかった。

ダーと言うのはいつでも簡単で、ニエットと言うには理由と覚悟が必要なのだ。

人類初の有人宇宙飛行計画、つまりボストーク計画の飛行プランはとても単純だ。たったひとりの宇宙飛行士を乗せた宇宙船が、一分間で六二トンもの燃料を消費する五つの巨大なブースターロケットによって強引に打ち上げられ、それが地球を一周だけして帰ってくるというものだ。

飛行時間わずか二時間の宇宙飛行、その宇宙飛行士を訓練するためだけに建設されたのがスターシティだった。

その施設は外見とはうらはらに、中に入ると驚くほど清潔で現代的で、白々と輝いていた。最新の運動機器が揃うジムでは、候補生たちはまぶしいほど光る照明の下で、それをいつでも自由に使うことができた。

彼らのために特別に考案された奇抜な装置と、それを使った訓練メニューも数多く用意されていた。たとえば水深一〇メートルのプールの底に備え付けられたパズルを解かされたかと思えば、翌日には巨大な遠心加速器で振り回されたりといった具合だ。それらの訓練の成績によって、数次にわたる計画で打ち上げられる数人の宇宙飛行士が決められることになっていた。

そうして二五名の候補生たちの、いつ終わるともしれない共同生活が始まったのだった。

候補生たちには町の中に住まいが与えられた。コンクリート壁の集合住宅が立ち並ぶ住居地域に一棟あたり五人ずつ、それぞれに一人部屋が用意され、ワレリーの部屋はそのいちばん端の棟に割り当てられた。部屋は狭かったが、トイレとお湯の出るシャワーが備えられていたし、暖房用の蒸気管も生きていた。彼がそれまでいたところは、軍の一般兵士用のほこりっぽいくたびれた六人部屋だったので、どこも壊れていない新築の個室というのはそれだけで気分がよかった。とはいえ、花瓶ひとつない殺風景な部屋には、やはり彩りや人間らしさというものが決定的に不足していた。

日に三度の食事も職員用の給食所で、味も見た目も悪いお決まりの料理をかきこむだけだ。候補生たちに特に評判が悪いのはボルシチだった。煮込みすぎているために、スープは煮とけた野菜で濁り、味を決めるクワスの酸味もすっかり飛んでしまっている。そのボルシチを候補生たちは毛嫌いしていた。

「ピザって食い物、知ってます？」

スターシティに来て一週間ほどたったころ、候補生のひとりがワレリーに言った。

相手はヨハンという一歳年下の戦闘機乗りだ。美男子で、忠実な軍人らしい精悍さと幼さが同居する甘い顔にはいつも自信が溢れていた。

その彼が、そう言ったのだ。

「……いいや、知らないなあ」

「そりゃあ、うらやましい！」

その口調ほどには、顔つきは困っていなかった。

「ピザってのは、真っ赤なソースを塗った厚めのブリヌイ（ソビエト風クレープ）に、肉やチーズをのせて焼いたものでね。子供のころにいたアメリカで食った料理なんですけど、いやあ、あれはうまかったなあ。ここに来てから、その焼きたての熱々をほおばるって夢ばかり見て欲求不満なんですよ。たぶん、給食所のしけたボルシチばっかり食わされてるからだと思うんですがね」

ヨハンは優秀で、陽気で、食い意地が張っていて、歌がうまかった。それになによりユーモアのセンスがあった。

彼の目の前を犬が横切ると、彼はきまって背筋をぴんと伸ばして敬礼をした。

「先輩に敬礼！」

彼に言わせれば、スターシティにいるすべての犬はスプートニク計画の生き残りであり、つまり宇宙飛行士の大先輩だというわけだ。

また別の日には、遠心加速器に振り回された候補生がふらふらの足で降りてくると、ヨハンはおもしろがって、ウイリアム・テルのマーチなんかをタンタカ、タンタカ歌ってからかった。

彼のやるあれこれに、ほかの候補生たちは、にやにやと人の悪い笑みを浮かべたり、手を叩いて喜んだりした。候補生たちの中心にはいつも彼の姿があった。ありていに言って、候補生たちは彼のユーモアに救われていたのだ。その不思議な心の歪みは、日々の訓練の過酷さからきたものであろう。

「閉鎖環境耐久訓練」というのが、ワレリーが最初に受けた大がかりな訓練だった。子供部屋ほどの広さの真っ暗な部屋に半日ひとりで閉じ込められるというものだ。

「狭い宇宙船に乗せられた人間が恐怖でおかしくなってしまわないよう、あらかじめそれと似た状況を経験してもらう」

訓練に先立ち、監督する医師らは、その目的をこう説明した。

灯りも音もない部屋で、自分の手も見えないほどの闇の中にいると、ものの数分で耳鳴りが始まった。耳がどんな小さな音でも拾おうとして、それで参ってしまうのだろう。内耳の三半規管が機能を失うと、次に方向感覚が消失する。自分の姿勢も部屋の大きさもわからなくなってしまうのだ。まるで目を回したように倒れこみ、冷たい床にしたたかに腰を打ちつけてしまったが、床の確かな存在感がこのときはうれしかった。

床に大の字に寝転んでいると、いろいろな考えが浮かび、そのうちのひとつによって彼の心はわしづかみにされた。

もしもここが地球のはるか上空で、ひとりで宇宙を漂うことになったら……。

その考えにワレリーはぞっとした。そうなったら、宇宙飛行士が独力で地球に戻ることなどどうやってもできないのではないか。

これが戦闘機ならば搭乗員は自分の力量次第でとっさの事故やトラブルにも対応できるだろう。仮にエンジンが止まっても翼があれば滑空ができる。非常用の射出装置もある。戦闘機乗りの訓練とは、生きのびる確率を増やすための前向きな努力だ。だが、宇宙ではどうなのか。宇宙船には翼やエンジンがあるのか？　事故への対応も教えられないまま、ただ闇に慣れることに一体どんな意味があるのだろう？

考えてみれば、ワレリーは自分が乗るかもしれない宇宙船さえ見たことがなかった。

ひとつの疑念が首をもたげると、想像はどんどん闇の濃度を増していき、そして頭の中で渦を巻きはじめた。

自分たちが候補生に選ばれた時のように、計画の危険性は最後まで隠されたままなのではないか。

規定の時間が過ぎて扉が開けられても、ワレリーは歩いて出てくることができなかった。目は血走り、恐怖に頭の先からつま先まで汗に濡れていた。

ぼうぜんと寝転ぶ彼に控えていた医師たちは手をさしのべるでもなく、その様子をノートに書きつけると、次には腕から検査用の血液を採取しようとした。

その時、たくさんの目覚まし時計が一斉に鳴り始めた。試験区域で鳴るはずがない安っぽいベルのけたたましい音に慌てふためく医師たちのそばで、目をさましたワレリーはダウンしたボクサーがやるようにひざに手をあててゆっくりと立ち上がる。

目覚ましをしかけた犯人一味は、遠巻きから一斉に冷やかした。

「お目覚めの時間ですよ！」

ヨハンと数人の候補生、彼らは同じ訓練をすでに消化済みであった。試験の終わりがどうなるかを身をもって知っていた候補生が集まり、ちょっとした狼藉をしかけたのだ。

憔悴するワレリーに、ヨハンはフフンと鼻を鳴らしてこう言った。

「目覚ましが鳴れば、人は現実に帰ってくるものですよ。誰もが毎朝経験してるようにね」

ワレリーの返答は、少々、意味深であった。

「目が醒めたあと、悪夢の方がまだましだったと後悔することもあるがね」

それ以来、彼はスターシティであるものを探すようになった。

ボストーク宇宙船だ。

彼が暗闇の密室で抱いたいくつもの疑念から導かれた解は、ひとつの恐ろしい仮説だった。

――ボストーク計画はとんでもなく危険なシロモノで、自分たちは何も知らされないまま、危地に連れていかれようとしている。

その仮説に沿って考えれば、恐ろしいことに、なにもかもが説明可能であるのだ。たとえば、わずか数回の打ち上げのために二五名もの候補生が選ばれていることも、そのなかに党の高級官僚の子息がいないのも説明がついてしまう。訓練中の事故や万一の打ち上げ失敗による何人かの死があらかじめ計画に織り込まれているとすればその人数にも納得がいく。もちろん毛並みのいい家の出身者にそれだけの危険を冒させるわけがないだろう。買収や贈賄があったとすれば、候補生にさせないためになされたのではないか。

打ち上げ計画にどれだけの危険性を想定しているのか……その答えはボストーク宇宙船の姿に一目瞭然のはずだ。

その鍵は冗長性という設計思想にある。それは安全のための余裕や予備の装置を意味するもので、旅客機は一つのエンジンが停止しても残りのエンジンで飛行できるように設計されているし、船はある程度の浸水があっても浮かび続けられるようになっている。人命に関わる設計において安全のために冗長性をとりいれるのは当たり前のことだ。

逆に考えれば、設計における冗長性の多寡は、それそのものが持つ本質的な危険性をはかる指標となる。ボストーク宇宙船に用意された安全のための冗長性はどれほどであるのか。それが大きくなるほどに計画の危険性も高いと考えて良いだろう。

そのことを戦闘機乗りだったワレリーはよく理解していた。戦闘を想定して設計されている戦闘機には、機体と乗員の命を守るために慎重すぎるほどの冗長性が設定されていた。銃弾が飛び交う中で運用される戦闘機の設計において、カルガモのごとく平和に旅するだけの旅客機よりも冗長性が大きくなるのは当然のことだ。人間と違って設計は嘘をつくことができないのだ。

宇宙船の設計・製造は、二〇〇キロ離れたポドリプキにあるロケット関連施設の設計局が担当している。このスターシティで実物を見ることはかなわないだろうが、その概要を知る人間くらいはいるのではないか。

ワレリーは訓練の合間に時間を見つけては誰や彼にたずねて回った。候補生たち、訓練装置の開発技師たち、医師、センターの管理職員たちに。だが、結果は彼の期待通りとはいかなかった。計画の全体像は機密扱いを受け、情報はごく一部の人間によって厳密に管理されていた。スターシティの人間に知らされていたのは、それぞれ自分の職域に関わる部分のみで、打ち上げ時に予想される重力加速度のような断片的な情報ばかりだった。それは軍という組織においては誰もが「部品」でしかなく、個人の存在などとるに足らないという事実をワレリーに再認識させただけに終わった。

こんなはずではなかった、という思いと共に。

六年前、彼が兵役行きを決めたのは、連綿と続く変わらない暮らしに倦んだからだった。

生まれ育った町にある見知った森を毎日歩く。そして五〇年前の誰かが植えた木を育てながら、一〇〇年後の誰かのために苗木を育てるのだ。いつも片手には斧が、腰には質素な弁当をさげ、そうして歩く道さえ変わることはない。

営林署の労働組合長はウオトカに酔うとよく説教をした。

「あらゆる斧を使えるようになれ。そうしてる間におまえは大人になり、結婚して、息子に斧の振り方を教える。やがて木を見れば目がいくようになる。それでようやく一人前だ」

二〇歳のワレリーにはそれは呪詛の言葉のように聞こえていた。

期待にただ「ダー」と答えるのは簡単なことだ。しかし、そうして決まっていった人生は果たして自分のものなのだろうか。人生は誰のものでもない、自分のものなのだ。

そして彼は「ニエット」と言ってみることにした。人生を自分で引き受けるために、そうするべきだと信じたのだ。斧を捨て、飛行機に乗った。

そして六年が経った。気が付くと、そこにはひとりで恐怖に怯える不本意な自分がいた。何も知らされず、まるで丈夫で頑丈な犬を探すようにして誰かに選ばれようとする「部品」に成り下がっていた。そこにはただ、一度だけ「ニエット」と言ったことの結果だけが負債のように残っているだけだった。

ヨハンからふたたび声を掛けられたのは、混み合う給食所で昼食をとっている時だった。冴えない顔で冴えない味のナスのペーストをパンに塗っていたワレリーのそばに彼は座ると、秘密の相談をするときのように声をひそめて言った。

「あの、共同作戦をとりませんか?」

「は?」

思わずワレリーが問い返すと、彼はテーブルに載ったボルシチの深皿を指さした。

「これですよ。もう僕はこれに我慢がならなくなったんです」

口調は強かったが、彼の顔はむしろ冗談めいていた。

「はあ」

「今日のは特にひどい。煮込みすぎて色がオレンジに変わったボルシチなんて、まともな人間が食べるべき物じゃない。そうは思いませんか?」

「はーあ」

興味ないふうな相づちも彼の耳には届いていないようだ。

「彼女に火加減ってものを教えて差し上げましょうよ」

そう言って厨房にいるひとりの調理人を指さした。

昼飯時の慌ただしさと戦う調理人たち、その中にひとりだけ、手よりも口を動かすのを仕事にしている威勢のよい老婆がいる。給食所のボルシチは彼女が作っているのだ。

「男はまず食欲だよ!」というのが口癖で、破裂するように勢いよく叫びながら、普段は前を通る客が自分でよそったボルシチの盛りを注視している。遠慮がちに少なくよそった客を見つけてつぎたすためだ。味がよければサービスがよいとなるのだろうが、そうでないからタチが悪い。

本来、ボルシチというのは繊細な料理なのだ。おいしいのを作るために大切なのは下ごしらえと火加減。まず、クワス水やレモンで作るボルシチ特有のこころよい甘酸っぱさを熱で飛ばしてしまわないこと。ペトルーシカやウクロープなどの香草も煮込みすぎれば苦みのもととなるし、玉葱、ジャガイモ、にんじん、トマトは煮とけてスープを濁してしまう。ボルシチ特有の深い赤みを作るのはビーツという真っ赤な大根で、きれいな色を出すには水からコトコト一時間はゆがいておかなければならない。

失敗したボルシチは、ただの出来の悪いトマトスープだ。

それなのに、老婆の隣にはたっぷりのボルシチが入った鍋がいつも火にかけられていて、スープを台無しにしながら強い湯気がいつも立ち上っているんですよ、とヨハンは憤慨した。

彼は何度か直接意見したこともあるらしい。正確な年齢は誰も知らないが、七〇歳はゆうに超えているだろう彼女の返事は「料理作ってもらうのに文句言うんじゃないのよ！」という明瞭なものだったそうだ。

「問題は、適当なところで煮込むのをやめさせる方法なんです」

「ははあ」

「それを考えてもらえませんか？」

「はあっ？」

ワレリーのあげたすっとんきょうな声に、ヨハンはしてやったりという笑みを浮かべて言った。

「と、まあ、それくらいくだらないことでも考えていたほうがいいと思うんです。考えても仕方のないことに悩むくらいなら」

意表を突く言葉に、その意図をさぐってヨハンの目を正面から見つめると、そこに意外なほど真面目な色が透けて見えた。

「あの」

言いづらそうに、というよりもふさわしい言葉を探しながら、たどたどしく彼は続けた。

「宇宙船がどうなってて、どれくらい安全なのかなんてことを知ったところでどうせ誰かが乗らなきゃならないんですよね。だったら考えないで笑ってたほうがいいと思いませんか？」

彼は何度も「あの」と「ええと」をまじえながら言葉を紡ごうとしていた。

「最近、僕は思うんです。死は自分のものじゃないって。いえ、別に国に殉ずるとかって意味じゃなくて、未来のことなんかわからないというか、たとえば……そう、病気で最期を迎えるのだってそうですよね。自分で望んで病気になるわけじゃないし、死の瞬間も決めるのは実は自分以外の医者だったり家族だったり……ってあの……僕の言ってることわかります？」

確かにわかったようなわからないような、わからないようなわかるような話だったが、それよりも伝わってきたのは、彼もまたこの計画に恐怖を感じ、それについて考えているひとりなのだということだ。

ワレリーが返す言葉を探して口を開きかけたところで、

「あんたら！」

ボルシチばあさんのでっかくてカン高い声が、話をさえぎるように響きわたった。

気がつくと、すでに昼食時は過ぎていて、給食所に人影はまばらになっていた。

「あちらのかたがお呼びだよ！」

ばあさんの指さすほうに振り向くと、食事中の二人組の男がいた。

ひとりは見覚えのある管理職員で、もうひとりの男に何かを耳打ちしている。その男は見た記憶がない。五〇歳前後だろうか。高級官僚が好む仕立ての良いスーツに身をつつみ、膝の上にはきちんとナプキンまで敷いている。額が広く、こめかみのあたりに白いものがまじりはじめた豊かな黒髪をオールバックにしてポマードでなでつけていた。

クレムリンから視察にでも来た党の官僚だとすれば、言動には十分気をつけなければならない。ワレリーはゆるみかけていた気持ちを意識的に締め上げた。

管理職員がふたりを手招きした。ワレリーとヨハンが規則正しい歩みで近寄ると、隣のスーツの男はその大きな瞳でひとにらみしてから詰問するように言った。

「ボストークが見たいそうだな？」

ふたりは雷に打たれたように背筋をぴんと伸ばした。

ゆっくりと、まるで品定めでもするように男はふたりの顔を交互に眺めやった。

「いいだろう、見せてやる。ついてこい」

そのもの言いは、命令することに慣れている人間のものだった。言葉に当然従わなければならないと感じさせる不思議な強制力が伴っていた。

管理職員を残し、スーツ男が歩く後ろをふたりは付き従った。しっかりとした歩みで迷うことなく歩く彼からは、スターシティの地理に精通しているらしいことがうかがえた。男は管理職員から設計主任と呼ばれていた。

突然のことにワレリーはとまどっていた。黙って男の後ろを歩きながら、自分の鼓動が速くなっていくのを感じていた。隣を歩くヨハンは終始うつむいたままで、その表情からなにかを読み取ることはできなかった。ただ、普段の彼が見せる陽気さはそこになかった。

そのうちに設計主任は足を止めた。候補生の立ち入りが禁じられている格納庫のひとつだった。巨大な両開きの扉の前には、突然の来訪者にとまどう警備兵が二名、突撃銃を肩からさげて直立不動で立っていた。

男は悠然と振り返って言った。

「君たちは未来を見たことはあるか？」

表情に感情は見えないが、威厳に満ちた声色から察するに、これから哲学的な議論を始めようとしているわけではなさそうだった。あたかも政治家が大衆を扇動するときのようなもの言いだとワレリーは感じた。

「……どなたか存じませんが」

先に返事をしたのはヨハンだった。その声にははっきりと険が含まれていた。

「人間に未来のことなんて見通せるわけがない。あなたが見えるなら、私がいつ死ぬのか教えていただけますか？」

その口調はいつもの彼ではなかった。まるで子供が教師にやるように挑みかかるのを、しかし男は意に介さず、フンと鼻で笑うと口を開いた。

「来週か、それともずっと先か」

「え？」

それだけを口から漏らして動きを止めたヨハンをよそに、設計主任は警備兵に向き直った。

「開けろ」

ふたりの警備兵が飛びつくようにして大扉を動かすハンドルにとりつくと、その大きな取っ手を廻しはじめた。キリキリとチェーンがきしむ音をたてながら、扉がゆっくりと開く。開口部から徐々に姿をあらわしたのは、不思議な形をした四機の構造物だった。

全高は五メートルはあるだろうか。薄暗い格納庫の中で、アルミ合金特有の鈍い銀色に光りながら、巨大な吹き抜けの中央に据えられていたそれは、まるで小さなジェットエンジンのノズルスカートの上に、ビルの破壊に使う鉛のボールを落っことしてしまったように見えた。

「ボストーク宇宙船だ」

ワレリーは息を呑んだ。

全幅二・五八メートル、総重量五・七トン。

ノズルスカートに見えたものはその通り小型のエンジンで、大気圏に再突入するためのものだ。噴射性能は低く、宇宙船の姿勢をわずかに変えることくらいしかできない。

上部のボールは飛行士が搭乗するためのカプセルだった。密閉された直径二・三メートルの球体の中に、蓄電池や無線、乗員のシートなどが詰め込まれている。定員は一名。だが乗員に用意された空間では自由に体の向きを変えることすら望めないだろう。その構造はそのまま、密室に閉じ込められる訓練を連想させた。

ワレリーが知りたかったものがそこにあった。そして、ボストークの姿は彼が知りたかったすべてを一目で悟らせたのだ。

設計上の冗長性……どころのシロモノではない。これで三万キロを旅したあとに再び厚い大気をくぐり抜けて地球に戻ってくる姿を想像することなど不可能だった。

真空の宇宙空間と人間を隔てるカプセルはヤワな軽量アルミ合金で作られ、その厚さはわずか一〇ミリしかない。そのちゃちな外装に、カプセルに収まりきらなかった機械や酸素タンクがむき出しのまま無造作に取り付けられている。それを守るための外装も、エンジンのスカートを守るフードもない。仮に何かで少し大きな外力が加わっただけで、機能に深刻な被害が及ぶことは明白だった。まともな推進装置がないということは、打ち上げられたあとに想定する軌道から外れたが最後、それを回復する手段は用意されていないということだ。

乗員の命を守るためにある設計上の冗長性などありはしなかった。だから計画が安全なのではなく、設計上の常識など最初から考慮されていないのだ。乗員の安全は機体の軽量化と引き替えにされたのだ。乗員にとって、それはガラクタを組み合わせて作った棺そのものであった。

スターシティでの「訓練」は、このちゃちなおんぼろ船に乗っても正気を保てる人間を探すために行われている――ワレリーは確信した。

「操縦桿がない！」

カプセルにとりついて、その中を調べていたヨハンが声を上げた。

設計主任は何ごともないように表情を変えずに答える。

「必要がないからな」

「説明願えますか？」

体を震わせ、怒気を抑えながら言うヨハンに対し、設計主任は冷ややかだった。

「ブースターロケットで打ち上げられたボストークは、慣性と重力によって地球を周りながら、いわばゆるやかに落下していくだけだ。つまり操縦する必要がない。犬にだってできたんだ。人間に置き換えられないはずがないだろう」

「我々は犬ですか！」

広い格納庫にヨハンの怒声が響き渡った。設計主任はただ肩をすくめただけで、それに答えようとはしなかった。一瞬の沈黙のあと、ワレリーが静かに口を開いた。

「こんなものに人間を乗せて宇宙にやろうっていうんですか？」

「その通り。何度でも」

ワレリーは彼の言葉の裏にある意味を正確に理解することができた。失敗は織り込み済みだ。成功するまでやれば、いつか必ず成功する。彼はそう言っているのだ。

「そろそろ本題に入ろう」

そして設計主任は命令書でも読みあげるかのような口調で続けた。

「米国はマーキュリー計画において、人間を宇宙へ飛ばすことを公言している。米国より先に人間を飛ばすために、残された時間はわずかしかない。そこで我々は七日後の午前、最初のボストークを打ち上げることを決定した」

設計主任はそこで言葉を切ると、ゆっくりと人差し指を伸ばして前に向けた。

「その飛行士は君に決まった」

指された相手は驚きに全身を硬直させた。ヨハンだ。その目はじっと設計主任の指先を凝視していた。

「優秀なこと以上に君の笑顔が評価されたんだ。英雄となるには欠かせない資質なのだよ、ワレンチン・ヨハン君」

それが、ただからかっているのか、それとも本心から言っているのか、ワレリーにはその真意がわからなかった。ヨハンはただだまってそれを聞いているだけだ。

「無事帰ってこれたら君は英雄になるんだ。インタビューが殺到するぞ。見出しはこうだ、人類初の宇宙飛行士はソビエトを支える労働者階級の出身。君は、宇宙から地球がどう見えたか、気の利いた感想を用意しておかねばな」

「……それがあなたの言う未来ですか？」

低い声でヨハンが言うと、設計主任はあっけらかんと言った。

「個人の未来など知らんよ」

そして彼はふたりに背を向けると、背後にある宇宙船のカプセルを見上げた。

「私が知っているのは、ボストーク計画がいつかは成功するということだ。それによって世界が変わる。この宇宙船は、たったひとりの人間を宇宙に連れていくだけのものじゃない。人類を未来に連れていくんだ」

「おっしゃる意味がよくわかりません」

「そのうちわかる」

男は短くそれだけ返すと、背を向けたまま次の言葉で会話を打ち切った。

「軍令だ。悪いが拒否はできない。軍人とはそういうものだ」

肩を落としたヨハンに、ワレリーはなにもしてやることができなかった。

ヨハンが言った通り、彼の生死は自らが選べるものではなかった。

すべてを見通すことができる者がいたならば、この時代、宇宙開発においてソビエトが先進的でいられた理由のひとつを、人間の命を定量的に考えることができたからだと言い当てたであろう。そしてもうひとつの理由には、ソビエトの宇宙開発を主導した、ひとりの元・技術者の存在があった。セルゲイ・コロリョフ。軍の弾道ミサイル設計部門を率いる彼は、設計主任とも呼ばれていた。

もともとは一介のジェットエンジン設計者だったコロリョフは、大戦直後のドイツを歩き回って、かの有名なV2ロケットの製造技術を手に入れる。

それが彼にひとつのアイデアを与えた。激化する東西の冷戦を牽引する弾道ミサイルの開発競争にブレーキをかける方法だ。

帰国後、軍の弾道ミサイル設計部門に職を得ると、わずか十数年で、世界初の人工衛星「スプートニク一号」の打ち上げに成功する。それこそが彼の最初の一手だった。

筋書きはコロリョフの企んだ通りに運んだ。

打ち上げ成功の朗報は、技術競争の重大な局面でアメリカからリードを奪える分野が自国にあることをフルシチョフに気づかせることに成功した。彼の要請に応える形で、わずか一ヵ月後に雑種犬を生きたまま軌道上に打ち上げてみせたのも、コロリョフらしい手腕だろう。

それによってついにフルシチョフは、宇宙そのものが政治的な意味のある目的地だと気づき、強力なプロパガンダの武器としてのロケットの魅力に惹かれはじめたのだ。コロリョフは、たった二基の衛星によって、ソビエトでただひとりの意思決定者を「その気」にさせることに成功したのだ。党は「人類初の宇宙飛行士はソビエト人だった」という次なるプロパガンダの種を作るために、弾道ミサイルの開発予算と人員をコロリョフに託す決定をした。

コロリョフが並の技術者と一線を画していたのは、ことを進めるのに理想にこだわらない部分だろう。むしろ多くの政治家よりも現実的で、なおかつ状況を操るのに巧みであった。

すべては次の成否にかかっていた。

ボストーク計画はそうして動き出したのだ。

ヨハンが打ち上げ場のあるカザフスタンに向けて飛び立ったあとも、訓練は続けられた。彼の乗るボストークの成否にかかわらず計画は続くのだ。ただし、公式に発表されるのは帰還に成功した機体だけであろう。その機体に一号の名が、搭乗員に世界初の宇宙飛行士の肩書きが与えられるのだ。

その日、ワレリーが訓練を終えたのは、陽もだいぶかたむいてからだった。遅い昼食をとろうと向かった給食所は閑散としていた。トレーを手に取り、誰もいない調理台の前に並んだ冷たいパンを一切れのせたところで、耳になじみのある声が投げられた。

「あら、あんた。ここんところ、いっつもひとりで来るのねえ！」

そのでっかくてカン高い声の主が近寄ってくると、ワレリーは作り笑いを向けた。

「あのお兄ちゃん見なくなったねえ。ほら、あたしのボルシチにケチつけてた子」

「ええ……打ち上げが決まって、今はカザフスタンのバイコヌール基地に」

「あらそう。なんだか知らないけど大変なんだねえ！」

大仰に感心してみせた老婆だったが、そのじつ、ことを理解する気もないのが透けて見える。その態度はむしろワレリーの心を少しささくれ立たせただけだった。

「で、帰ってくるのかい？」

その質問は、彼をどきりとさせた。最初の打ち上げは明日の午前に迫っていた。計画通りにことが運べば、昼にはパラシュートで地上に降り、その日のうちにはモスクワに近いこのスターシティへヨハンは戻ってくる。そう聞かされていた。逆に、帰ってこなければ……というわけだ。

冗談のひとつも言えればいいのに。あれからそう思うことが増えた。ヨハンも同じだったのかもしれない。恐怖にあらがうのに笑いは有効な道具だ。笑っていれば、少なくともその間は考えないでいられるだろう。

ワレリーは自分が冗談を見つける才能を持ち合わせていないことはよく知っていた。だから言葉少なに返事をするのが精一杯だった。

「……うまくすれば、明日の夜には」

「そうかい。じゃあ、残ってボルシチあっためとかなきゃねえ」

彼女のあっけらかんとした言葉に、ワレリーは思わず苦笑してしまった。

「いやいや、彼はそれがいやなんだって……」

言い終わらないうちに、彼女は深皿を一枚手にとって、そこにたっぷりのボルシチをよそうと、ワレリーの前に置いた。温かい香りが柔らかい湯気にのってゆっくりと立ち上ってくる。

「このボルシチ鍋の火は落としちゃだめなのさ」

「だって野菜もとけちゃうし、味だって……」

彼女はその言葉をさえぎった。

「バカだね。お腹をすかしているときにはね、味なんかより、温かいほうがごちそうなんだよ」

そして少し声の調子を落として、こう続けた。

「そうやって、あたしはあんたがたみんなを待っててあげてるのよ」

それを聞いてワレリーは何かを少し考え込んだ様子だった。

「そういうのがひとりくらいいないとねえ、あんた、生きてたってつまんないわよ。どうせあんたらを待ってるいい人なんて誰もいないんだろ？」

彼女はそう言うとボルシチがこげつかないように鍋をゆっくりとかきまぜた。その手の動きにあわせて、たっぷりの赤茶色いスープがたぷんと波をたてる。

「温かいボルシチは、ずっとあたしが待っててあげたって証拠なのさ。ずっと帰って来るのを信じてね」

同意するようにワレリーは小さく頷いた。

「……あなたを待っててくれる人はいるんですか？」

今度は彼女が考える番だった。少しの間があったあと、肩をすくめて言った。

「あたしはいいのよ。もう」

さらっと言ったつもりだったのだろうが、最後の一言にわずかな悲しみの影が浮かんでいた。ふいに、ワレリーは彼女の生い立ちを聞いてみたくなったが、少し考えてやめておいた。その代わりに、別の質問が頭に浮かんだ。

「あの」

「なんだい？」

意を決してワレリーは口を開いた。

「冗談を思いつくコツ、なんてものはあるんですかね？」

彼女はいかにも不思議そうにワレリーの顔を見つめたあと、まるで男みたいに大きな口を開けて笑い声をあげた。

「あきらめなさいよ。あんたみたいなくそまじめなやつは、くそまじめなことしか言えないし、できないんだよ」

そう言うと破顔して「まあ、あたしも同じなんだけどね」と笑って付け加えた。

「さあさあ、男はまず食欲だよ！　よく食べ、よく飲むやつほどよく働く！」

その夜、ワレリーはあるアイデアについてずっと考えていた。

朝となって、ほかの候補生たちがぼやぼやと起き出してくると、ワレリーは彼らを給食所の一角に集めて、夜通し考えたアイデアを提案した。

「ピザを作らないか？」

候補生たちは、最初、その意味が分からずに互いに顔を見合わせていたが、ヨハンがそれを食いたがっていたことを説明すると、その意図をすぐに理解したようだった。

「そりゃいい！」

「食い物で釣ろうってわけか」

「匂いで呼び戻そうってことだな」

「あいつ、食い物にうるさかったからなあ」

話は即決だった。この日はセンターの人員も打ち上げにかかりきりだったため、候補生たちは時間を自由にできた。材料はボルシチばあさんが用意してくれるという。

しかし、ひとつだけ問題があった。

「ところで、ピザってどんな食い物だ？」

誰もピザという食べ物を実際に食べたこともなければ、見たことすらなかったのだ。かつてヨハンが言った「真っ赤なソースを塗った厚めのブリヌイに、肉やチーズをのせて焼いたもの」という言葉だけが手がかりだった。

ピザ作りは、彼の言葉を解読するところから始められた。

ブリヌイというのは、簡単に言えばソビエト風のクレープだ。小麦粉に卵やヨーグルトを混ぜ込んだ生地をフライパンで焼けばよい。

肉は牛肉で、チーズは水気を切ったサワークリームで代用する。

議論が紛糾したのは、謎の「真っ赤なソース」という言葉についてだ。可能性のある食材を思いつくままにあげてみただけで、意見がまとまらないだろうことは容易に想像がついた。

ビーツを推す集団は唐辛子を推す一団から保守派と指さされ、その彼らはトマトを推す一派から過激派と攻撃された。そのどれからも距離を置かれたのはイチゴやスイカを推す革新派で、彼らはピザには紅茶がつきものだろうと抗弁した。

議論は結局まとまらず、数種類のピザを作るという妥協案が採択されたことで、ようやく作業が始められた。候補生たちは、ヨハンを奇異な食べ物を食いたがる変な奴だと笑いながら、小麦粉を練り、ジャムにするためのイチゴを選び始めた。誰もが笑っていた。

その様子にワレリーは確信を深めた。

彼らもまた、同じように恐怖と戦っていたのだろう。

窓の外には無名農民をたたえる鋳鉄製の大像が見える。

ワレリーはそれを一瞥すると、口の中でつぶやいた。

「死が自分に属さないなら、生きることだって同じさ。自分のものじゃない。誰かの願いに生かされることだって……」

次々と焼き上がる彼らのピザを囲んで、候補生たちは馬鹿話に笑い、味見をしてはまた笑った。給食所の一角はにぎやかな彼らに一日じゅう占拠されたが、それをとがめる者は誰もいなかった。

いつの日か、もしも自分が宇宙へ行ったら――

ワレリーはそんな想像をしてみた。

自分には、生を願ってくれる誰かがいるだろうか？

とりあえず、地球を見下ろせるところから、スターシティと、かつて自分が育てた森を探そう。

それをしっかりと胸に刻んだ。

日が暮れて、夜が更け、朝となった。

夜更けに自室へと帰っていった候補生たちも、もうすぐ起きるだろう。

一日が始まる。何も変わらない日が。

早朝のひとけのない給食所では、今日も老婆がボルシチを仕込んでいる。

宇宙？

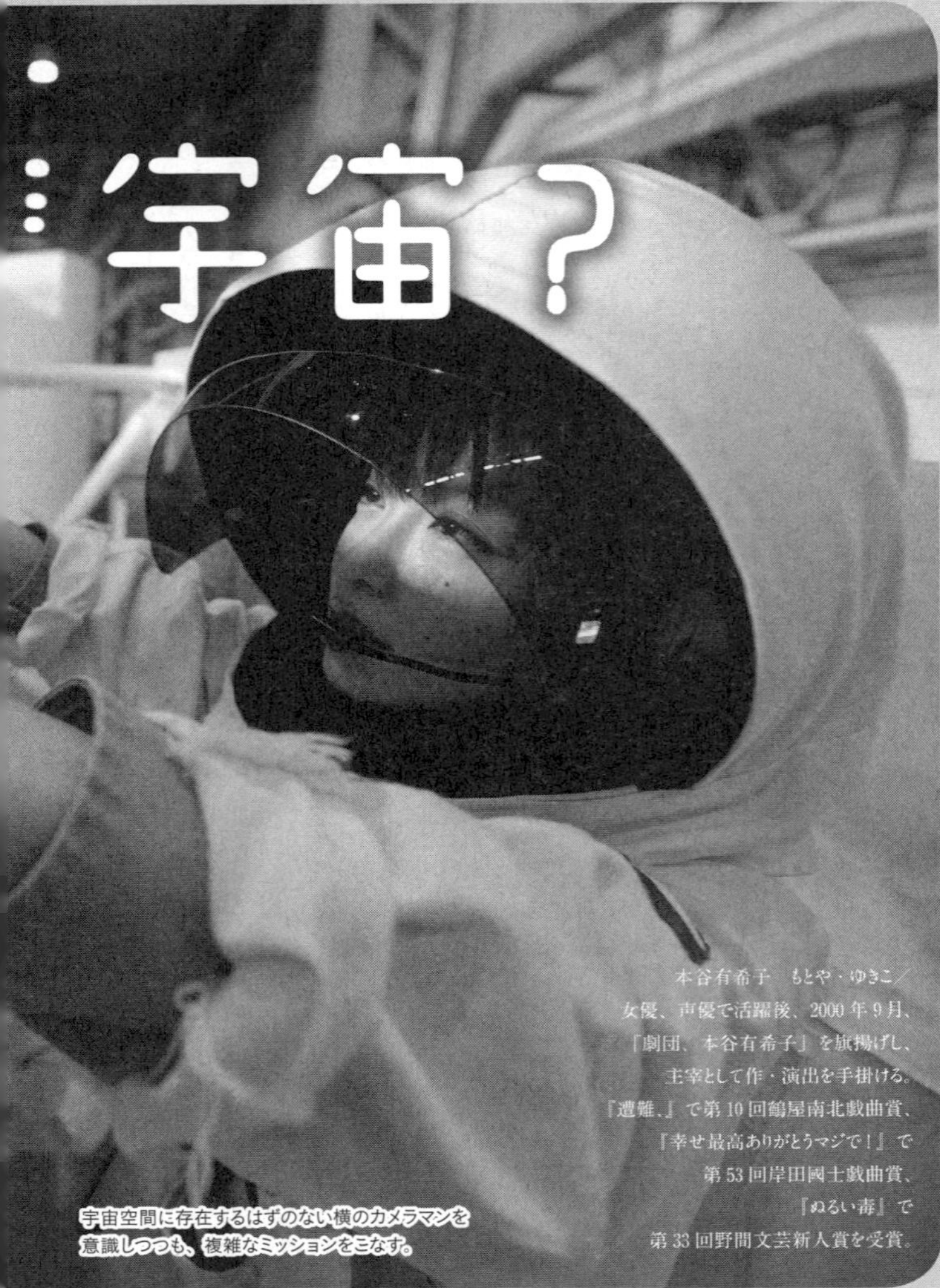

宇宙空間に存在するはずのない横のカメラマンを
意識しつつも、複雑なミッションをこなす。

本谷有希子　もとや・ゆきこ／女優、声優で活躍後、2000年9月、「劇団、本谷有希子」を旗揚げし、主宰として作・演出を手掛ける。『遭難、』で第10回鶴屋南北戯曲賞、『幸せ最高ありがとうマジで！』で第53回岸田國士戯曲賞、『ぬるい毒』で第33回野間文芸新人賞を受賞。

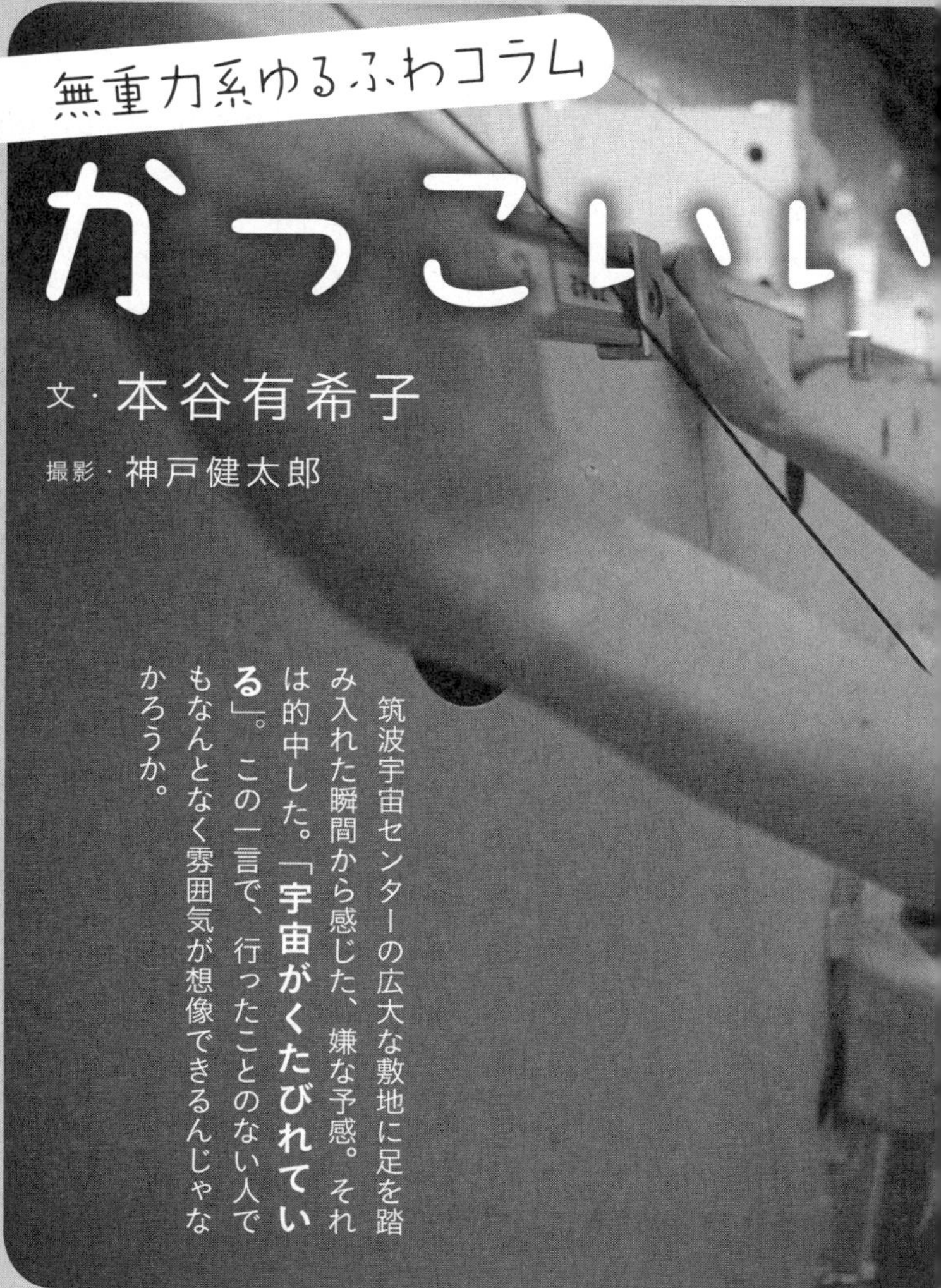

無重力系ゆるふわコラム

かっこいい

文・本谷有希子
撮影・神戸健太郎

筑波宇宙センターの広大な敷地に足を踏み入れた瞬間から感じた、嫌な予感。それは的中した。「**宇宙がくたびれている**」。この一言で、行ったことのない人でもなんとなく雰囲気が想像できるんじゃなかろうか。

まず私たち取材班五人組はオレンジのツナギにそれぞれ着替え、係のお姉さんの案内に従った。宇宙飛行士組と、司令室組（指示を出す人、時間を記録する人、最後に感想言う人）に分かれ、早速体験訓練を開始する。

宇宙飛行士役はもちろん私。ツナギの上からさらに白い宇宙服を着せられ、背中に重たいボンベを背負わなければならず、**細やかなリアリティを追求してくる。**かと思えば、そのボンベはうちの劇団の小道具でももうちょっと頑張って作りそうな大雑把な四角い発泡スチロールなので油断できない。

「本当にこのこだわりの演出は必要だろうか」と思いながら、別場所に移動した私はみんなからカメラで監視されながら、宇宙船の一部と想定したものからカバーを外し、部品をはめ込み、手摺《てすり》を利用して無重力空間（自分の表現力で）を歩行。

その間、私の傍らには〈宇宙飛行士補助〉という名の、部品を持ってきてくれたりする相棒（モーニング本誌のコラムの担当T内氏）が忙しく「○○確認しました」と与えられた台詞《せりふ》を言いながら頑張っている。……しかし、こっちがこんなにも宇宙空間に飛ばされないように手摺に摑《つか》まってる設定で演技しているのに対し、彼はハンディカメラで私の姿を撮

JAXA 到着後、オレンジスーツに着替え、まじめにミッションの説明を受ける一同。

映しながら向こうにある会議テーブルまで**てってけてってけ部品を置きにいったりして**……存在の仕方がよく分からない。

訓練を終えて、私がお姉さんに「あの、**こんな超越した動きをする人が**、実際にメンバーにいるんですか?」と質問すると、「いませんよ」と優しく微笑《ほほえ》まれる。なんのための訓練だったのかますます分からなくなる……。

そうこうしているうちにミッションは次々続く。パソコンによる適性テストや、○△□で構成された複雑な模様を一人が口頭だけで伝えて、他のメンバーがそれを紙に描く理解力テスト。真っ白な

これも存在するはずのないサポート役のコラム担当・T内氏。
宇宙飛行士役の次にやることが多く、大忙し。

パズルを三分で完成させる集中力テスト。マニュアルを読んで、空気の洩《も》れたパイプを直す緊急事態テスト。

しかし。うんうん、まあちょっと宇宙飛行士訓練っぽくなってきたかな……と思っていた、**最後に我々を嘲《あざ》笑《わら》うかのように、バギー操縦テストが用意されていた。**

月・惑星探査の際に人間の代わりに走らせるカメラ搭載ラジコンを実際にコントロールする訓練なのだが、これがまた味のある大雑把な仕上がりなのである。

別の部屋に作られた専用コースを、パソコンのモニターで見ながら〈ゴール〉と書かれた位置まで走らせたバギーは、ちょっとどこかにぶつかっただけで停止してしまう。段ボールのような障害が至る所に置いてあるから、気を付けて操作してもどうしてもぶつかってしまう。停止した場合、お姉さんが向こうにいる別のスタッフ（おじさん）に、「○○さーん、お願いしまーす」とマイクで声をかける仕組みになっており、**さらにそのスタッフはあくまで「宇宙にいる地球外生物」という設定**で……。

私たちは何度、そのスタッフがこそこそすることもなく歩いてきてスイッチを起動させ直すところをモニターから眺めたことか。初めは「ああ、宇宙人だー」と楽しんでいた我々も、どんどん（もうこの訓練自体、終わってくれていいのに……）と無口になっていく。普通は何回

ホワイトパズル組み立ては、女性陣が成績優秀。男は、微妙に形が違うピースを強引にハメがち。

ローバーの故障に頻繁に見舞われ、〝宇宙人〟も見飽きている。

同行した『宇宙兄弟』の担当編集は見た!本気《マジ》な本谷有希子氏を!!

オレンジのツナギに身を包んだだけで、気分はもう4割がた宇宙飛行士!

〝コスプレ〟の威力も改めて思い知った楽しい取材でした。本文ではかなりクールに振り返っていますが、現場では状況にツッコミつつ楽しんでいた本谷さん。特に気合が入っていたのは「理解力テスト」でかに分けてやる訓練を一度に体験した疲れがたまってしまった頃、訓練はすべて終了した。

　是非、一度は足を踏み入れて、みなさんもこの独特な世界に浸ってほしい。脱力感が案外クセになるかもしれない。

す。〝音声による指示だけで図形を描く〟というもので、指示を出す側の本谷さんは、言葉で俳優に意図を伝えている演出家の矜持《きょうじ》から、いちばん難しい図形をセレクト。

「男らしい大きさで」「人間ならそこにそう描くよな、っていう感じのマルを」といった、本谷語連発で、正解者はゼロ……。意地になって自ら2回目に挑戦するぐらい楽しんでいました。

　JAXAの本物の施設を使った模擬訓練。華やかさはないものの、随所に楽しむための工夫が凝らされています。親子で参加したら、子供にとって一生の思い出になること間違いなしです!

13

2011年7月、スペースシャトル・アトランティス号の飛行が無事に終わった。

1981年から始まったスペースシャトル計画の135回目の飛行。

そして最後の飛行。1996年に亡くなった著名な天文学者カール・セーガンは生前、こう言っていた。

「スペースシャトル飛行のようなプロジェクトでは、100回につき1回は大惨事が起こるだろう」。

現実には、135回で2回の大事故が起こり（1986年のチャレンジャー号の事故、2003年のコロンビア号の事故）、14人の尊い命が失われた。

14

1981年のスペースシャトル初飛行は2人の男によって行われた。

機長のジョン・ヤングと、その部下にあたるパイロットのロバート・クリッペン。

この2人のその後の人生は或る事を象徴している。

機長のジョン・ヤングは74歳でNASAを引退するまで生涯一宇宙飛行士を貫き通した。

ディアより知ってるよ」3

一方、ロバート・クリッペンは管理職に移り、
ケネディ宇宙センターのトップにまでなった。
つまり、アメリカの宇宙飛行士の人生は
色々ということだ。
ちなみに、生涯一宇宙飛行士を貫き通したのは
ジョン・ヤングだけ。

15

スペースシャトルは宇宙空間にハッブル宇宙望遠鏡を運んだ。

このハッブル宇宙望遠鏡は大気の邪魔がない宇宙空間から天体観測を行い、実に多くの素晴らしい成果をあげた。

ちなみに、この「ハッブル」という名前は、宇宙は膨張しているという世紀の大発見をしたエドウィン・ハッブルに因んだもの。

今、ハッブル宇宙望遠鏡の後継望遠鏡の計画があるが、その名前はジェームズ・ウェッブ宇宙望遠鏡。

NASAの第2代長官に因んだ名前だ。

ハッブルと比べるとチョットなぁって考えてしまう名前だと思いませんか?

16

アポロ計画で月面に立つという凄い経験をした男は12人。
この12人のうち、既に亡くなったのは3人。
その死因は、交通事故、がん（白血病）、心筋梗塞で、
ごく普通の人々と同じようなもの。
存命している9人は70代後半が5人、
80代前半が4人で、普通に長生きしている。つまり、月面に立ったことが
健康上の影響を与えているとは思えないわけだ。
ちなみに、私は13年前にジーン・サーナンと会って話をしたことがある。
最後に月面に立った男だ。見た目も話し方も普通のオジサンだった。

17

どの国にも国際電話の国番号というものがある
（日本は81）。
旧ソ連の国番号7は今、ロシアが引き継いでいる。
旧ソ連から分離独立した国では新たな国番号に変更した
ところが多い（ウクライナ、グルジアなど）。

ところが、カザフスタンは7のまま。

これって、ロシアの宇宙ロケットを打ち上げるバイコヌール宇宙基地がカザフスタンにあるからじゃないのか?

ロシアからバイコヌール宇宙基地に電話連絡するのがイチイチ国際電話なんかになってたら大変だから。

……考えすぎかもしれない。

18

『宇宙兄弟』に因んで兄弟の話を。

2011年1月8日、アリゾナ州選出の女性連邦下院議員、ガブリエル・ギフォーズが銃撃されるという悲惨な事件が起こった。この事件の顛末は日本でも詳しく報道された。ギフォーズ議員の夫がマーク・ケリーという宇宙飛行士であることも。でも、マーク・ケリーが世界初の双子の宇宙飛行士であることは日本ではあまり報道されなかったのではないか。

マーク・ケリーとスコット・ケリーの双子兄弟は1996年にアメリカの宇宙飛行士第16期生として選ばれている。

to be continued

宮下奈都

みやした・なつ／
1967年生まれ。福井県在住。
代表作は『スコーレ No. 4』『田舎の紳士服店のモデルの妻』
最新は『誰かが足りない』。

楽 団 兄 弟

Let's play music, brother!

ヅカさんとキーチさんは兄弟みたいだと、みんなが言う。

いつも髪がぼさぼさで人づきあいの悪いヅカさんと、背が高くすっきりしていて社交的なキーチさん。ふたりの見た目はかけ離れている。

交響楽団での担当もまったく違う。ヅカさんは第一バイオリンでコンサートマスター。キーチさんはトロンボーン。

四十五歳のヅカさんは歳より老けて見えるし、三十五歳のキーチさんは三十そこそこに見える。だから、二人の歳の差は十歳よりずっと大きく感じる。そんなに歳の離れた兄弟なんて滅多にいない。それなのに、他の団員はどうしてふたりを兄弟のように思うんだろう。楽団に入ってまだ日の浅い僕にはよくわからない。

うちの交響楽団は人気がある。クラシックを聴く人ならたいてい楽団名くらいは知っているだろう。アルバイトをしなければ食べていけない人も多い業界で、うちは贅沢をしなければ暮らしていける程度には給料が出る。入団オーディションの倍率は何十倍にもなる。

音大を出たばかりの僕がそんな楽団にすぐに入団できたのは幸運だった。でも、何よりも幸運だったのは、ずっと追いかけてきたキーチさんと椅子を並べて吹けることだ。僕はキーチさんのトロンボーンに震える。気づくと腕から首筋までびっしりと鳥肌が立っている。どうしても敵わない、と思ってしまう。そんなことを思ってはいけないとわかってはいるけれど。

僕には、ふたりが兄弟みたいだとは思えない。キーチさんは僕の憧れだけど、ヅカさんがどんな人なのか、まだ摑み切れないせいだろうか。

ふたりのどこが似ているといわれているのか、僕はずっと気になっている。

チェロの増原さんが足早に出ていった。そして、部屋には不自然な静けさがやってきた。空気だけがざわついて、実際に声を出す人はいない。誰かが楽譜を落とした音がする。

しばらくして同じチェロの伊藤さんがそっと抜けていった。こういうとき、なんて声をかけるんだろう。「コンマスの言うことなんか気にするな」となぐさめたりするのだろうか。

そうだ、コンサートマスターのヅカさんの言い方はたしかに乱暴だった。

「なってない」

ヅカさんはそう言ったのだ。一楽章が終わったときに、椅子にすわったまま、おそろしく不機嫌な声で。それから、チェロ、とひとこと付け加えた。

チェロパートには八人の団員がいるのだから、何も増原さんを名指しで責めたわけじゃない。だけど、僕だけでなくきっと団員の多くにもわかった。誰よりも増原さん本人によくわかっていたのだと思う。自分のチェロが鳴っていなかったことを。

追いかけた伊藤さんがどんなにやさしい言葉をかけても、増原さんをなぐさめることはできないはずだ。なぐさめられちゃいけないことを、きっと増原さんだってわかっている。ヅカさんの言葉が的を射ていたから、増原さんも傷ついたのだ。

チェロがふたり抜けた後、うやむやのうちに休憩に入った。いつもの休憩とは雰囲気が違ったけれど、なんとなくいつもみたいに僕は椅子の下から指しかけの将棋盤を取り出す。

「ヅカさんの言葉、きつかったですね」

僕が何気なくつぶやくと、キーチさんが盤面に目を落としたまま言った。

「わかんないよ、誰がほんとうにやさしいかなんてさ。さーて、詰んじゃうよ。はい、王手」

「げっ」

僕たちは休憩の間に将棋を指す。ちょうどいい気分転換になるからだ。テンポよく進むよう、一手を三十秒以内に指すルールだ。

でもいつも五秒もあればキーチさんの攻撃はかわせる。

「甘いですねキーチさん、この桂馬、何のためにここにいると思ってるんです？」

簡単に王手を封じると、キーチさんは、へへへと笑った。

「ばれてたか」

キーチさんには悔しそうな様子もない。十歳下の僕に負けても気にするふうもない。僕との将棋に気負いもないらしい。

楽団で練習中はほとんどの時間を僕はこの人と過ごす。同じトロンボーン奏者で席が近いおかげもある。僕からキーチさんに寄っていく。ただし、ウマが合うと思っているのはどうやら僕のほうだけで、キーチさんのほうではコバンザメくらいに思っているのかもしれない。キーチさんは僕が近づかなければひとりでいつまでも楽譜を読んでいるし、誘わなければ将棋もしない。

本音を言うと、キーチさんとの将棋はたいしておもしろくない。お互いにあまり強くないせいもあるだろうけど、キーチさんが勝ちに拘らないからだ。勝っても負けても気にしないのに、キーチさんの将棋は堅実だ。手堅く守るばかりで、穴熊に囲って一歩も動かなかったりする。普段の飄々とした態度からするとちょっと意外なほどだ。

すぐに局面が膠着して退屈になる将棋を指してまでキーチさんと一緒にいるのは、ふとした拍子にこの人からこぼれてくるものを確実に掬いたいからだ。

「さっきの手、全然詰みそうになかったじゃないですか。騙さないでくださいよ」

「騙すかよ。たまたま桂馬がいただけだよ。嘘ついてもしかたないだろ」

そんなことを言いながら、また守りを固めている。

「ほんとうは、嘘ついて、僕を焦らせて、ミスを誘いたかったんじゃないですか?」

僕はなんとか守りを崩そうと、攻めの一手を打つ。

「嘘つくやつに音楽はできないから」

あ、こぼれた、と思う。手を止めて、もう一滴、黙って待つ。

「正直にいくしかないんだよ。それが結局はいちばん近道だからさ」

ふふ。つい頬が緩んでしまう。キーチさんからあふれた中身をひそかに受け止める。僕はこの瞬間によろこびを感じる。これまではキーチさんの演奏を聴くことしか

できなかった。でも、今は、僕の血となり肉となる思想を、キーチさんの言葉から得ることができる。

「誰がほんとうにやさしいかわからないって、さっき言ってましたよね。キーチさんは、ヅカさんがやさしいと思ってるんですか」

多くを引き出したくて、つい質問が過剰になってしまうらしい。

「えー、そんなこと自分で考えろよ」

またいつもの調子に戻ってしまった。キーチさんは、大事なところはほんの少しずつしかこぼしてくれない。ちょっとがっかりした僕に向かって、キーチさんがわずかに唇の端を持ち上げる。にやり。

「はい残念でした、三十秒経過。俺の勝ちね」

「えっ」

何気なさそうに隠していた脇の時計を、キーチさんが見せる。キーチさんにはこういう子供っぽいところがある。

この「にやり」を僕は前にも見たことがあった。ずいぶん前の、夏の日。僕の鼻っ柱を折った「にやり」。

どうしてトロンボーンなのか、と音楽をしない人に聞かれることがたまにある。屈託なく聞かれるぶんにはかまわないけれど、言外の意味を感じ取ると困惑する。どうしてトロンボーンなのか。どうして、地味で目立たないトロンボーンを吹いているのか。同じ金管楽器のトランペットが王将ならトロンボーンは歩か、よくて桂馬だ。つまり、王将を諦めて桂馬にしたんじゃないのか。

僕はトロンボーンを自分で選んだ。そのきっかけはキーチさんだ。

ちなみに、最近、雑誌のインタビューで同じ質問をされたときのキーチさんの答えは、「俺、腕が長いからトランペットじゃ窮屈なんだよね」だった。何食わぬ顔で答えていてちょっと笑ってしまった。もうずいぶん前になるけれど、僕が初めて会ったときに聞いたキーチさんの答えはそれとは違っていた。

「神の声だからさ」

中学生だった僕に、キーチさんはそう答えたのだ。

中学の吹奏楽部で花形はなんといってもトランペットだ。大概の人は、トランペットを吹きたくて、というよりも他の楽器の名前すらろくに知らないで、吹奏楽部に入ってくる。当然トランペットの人気は高く、その座を争うことになる。トランペットから漏れた人が、同じ金管の、トロンボーンやホルンやユーフォニウムなんかにまわされることになるのが常だった。

僕も当時はトランペットだった。小学校の頃からブラスバンドで吹いていて、いつもほめられてきた。中学生にしては身体が大きく肺活量が多かったのも幸いした。はじめから大きな音を出すことができたし、音程が乱れることもなかった。もともと器用だったからか、指がよく動いて速い音符も平気だった。僕がトランペットに選ばれたのは当然だったと思う。

市内の高校吹奏楽部の合同演奏会に出かけたときのことだ。参加している高校の中に僕の志望校があり、吹奏楽部がどんなレベルなのか確かめたくて聴きに行っただけだった。演奏会はたいして聴きごたえのあるものではなかったけれど、プログラムの最後に一流の交響楽団からゲストとして何人かが参加する曲目があった。

出だしの金管を聴いて耳を疑った。これが同じ楽団の演奏だろうか。さっきまでとまったく別物のように聞こえる。――そして気がついたのだ。別物だ、と。高校生の楽団にプロが数人交じる、それだけで楽団はまったく別物になってしまうのだった。

僕はそこでキーチさんと出会った。出会った、は語弊があるかもしれない。客席にいた僕が勝手にステージの上のキーチさんを見つけたのだ。キーチさんを見つけるのは簡単だった。彼の音だけ飛び抜けていたのだから。ずいぶん年上に感じたのだけど、今から考えると、当時のキーチさんも、大学を出て楽団に入団したばかりの、今の僕みたいな年頃だったはずだ。

派手でメリハリのある『1812年』という選曲もよかったのだろう。でも、こんな『1812年』を聴いたのは初めてだった。脇役でしかないはずのトロンボーンが屋台骨を支え、それぱかりか、トロンボーンで曲を引っ張っていっているのがありありとわかった。『1812年』といえば豪快な大砲の音が有名だけれど、その大砲をかいくぐって、つぃー、つぃー、と燕が空を切って飛ぶような、かと思えば、その燕の飛ぶ空そのもののような、まるで印象の異なる音色をのびやかに吹き分けていた。

中学生だった僕は、どうしてこんなにできる人がトロンボーンを吹いているのか理解できなかった。トロンボーンをこんな音色で吹ける人なら、別の楽器をやれば絶対にもっと勝負ができる。華やかな奏者として、もっと世間で有名になるはずだ。

僕は、聴いたばかりの『1812年』の興奮もさめやらぬまま、演奏後の楽屋に押しかけた。

近くで見るキーチさんは、際立ってかっこよかった。トロンボーンを吹く人は、たいていどっしりしている。大きくて穏やかないわゆる縁の下の力持ちタイプが多い。でも、キーチさんはそうじゃない。背が高くて、細くて、整った顔立ちをしていた。

見た目的には明らかに「主役」だった。

少し気後れしながらも、僕はキーチさんに話しかけた。

「どうしてトロンボーンを吹いてるんですか？」

無神経な質問にムッとした様子も見せず、キーチさんは答えてくれた。

「神の声だから」

よほどきょとんとしていたのだろう。キーチさんは僕を見て、もう一度はっきりと言った。

「神の声だからさ」

そうして説明してくれたのだ。

「バロック期には——あ、君、楽器やってるよね、こんなところにいるくらいだから。うん、バロックの頃にはトロンボーンは神聖な楽器として扱われてたらしいよ。神を表す音色だったんだ」

「はい」

食い入るように聞く僕がおもしろかったのかもしれない。キーチさんは楽しげに話した。

「とは言っても、僕もまだ何度かしか聴けたことはないんだけどね。でも、トロンボーンはいいよ。すごくうまく吹けたときは、ほんとうに神の声を聴いたような気分になるんだ。他の楽器だったら、きっとそんな気分にはならない」

黙って聞いていた僕に、キーチさんは「にやり」と笑った。

「君は神の声を聴いてみたくない？　自分の吹く楽器が神の音色だったらすごいと思わない？」

僕はキーチさんを追いかけて、トロンボーンに転向した。

キーチさんは劣勢だったくせに自分が勝ったことにして、将棋の駒を片付け出した。そろそろ休憩が終わる。僕はもうちょっとだけ食い下がってキーチさんに質問をする。

「ヅカさんがやさしいかどうかは別にして、大人げない物言いだったとは思いませんか？」

「そうかなぁ、練習場からいなくなっちゃうのも大人げない気がするけど。ヅカさんは、鳴ってないって、音が出てないのを指摘しただけなんだから」

「違いますよ。なってないって、人格を否定した台詞のように聞こえました」

「そうかなぁ」

僕の意見に賛成するつもりはないらしい。あくまでもヅカさんを擁護するキーチさんに僕は少しがっかりする。ヅカさんに意見を言える人は、弟とも呼ばれるキーチさんしかいないからだ。僕も含めた他の団員たちは、気むずかしいコンマスに意見するのを避けている。

そもそもヅカさんは異色のコンマスだった。技術と人望のあるバイオリン奏者をどこかから引き抜いてきて据えることの多い席に、生え抜きのまま抜擢された。技術は飛び抜けているが、無口で愛想がなく社交性に欠けている。それでも団員たちが納得し、認めてきたのは、なんといってもヅカさんのバイオリンが秀でて素晴らしいからだ。そして、音楽への造詣の深さと、ストイックさ、それに団員たちに対する公平さも持っていた。つまり、どの団員に対しても、分け隔てなく厳しく、高い水準を要求した。

去年、常任指揮者が替わってからは、楽団の雰囲気が少し変わってきている。新しい指揮者が悪いわけではない。ただ、笑顔も指示もよそよそしさが拭いきれず、いつまで経っても慣れる気配を見せなかった。善意の第三者。そんな立ち位置ではないかと思う。ほんとうにこの楽団をよくしよう、高めよう、と考えてくれているのかどうか、今ひとつ伝わってこない。楽団がふわふわした感じになってしまった。

しかし、ヅカさんの性格は簡単には変わらない。不安定な状況を考えて、少しは団員にやさしく接しようなどと配慮できる人ではない。自分に対するのと同じような厳しさで団員に接してしまう。

指揮者で不安定になったところに、ヅカさんの厳しさが追い討ちをかけた。今や楽団は、崩壊の危機だと僕は思う。この状況を救えるのは、キーチさんしかいない。

さらなる事件が起きたのは、楽団の定期演奏会の初日だ。

最後の演目を終えた後、千五百の客席から拍手を浴びている最中だった。指揮者がソリストたちを讃えてひとりずつ立たせていた。

団員は楽器を持っているから拍手ができない。だから、拍手の代わりに足踏みをしたり、楽器を揺らしたり、たとえばバイオリンであれば弓を振って称賛や敬意を表す。

何人かの団員のソリストが喝采を受けた後、もう一度客演のソリストに戻ったときだ。指揮者が機嫌よくソリストと握手をし、再びの称賛を客席に求めたとき、ヅカさんが腕を下ろし、弓の先を床へ向けた。今日のソリストは二度の拍手には値しない、とメッセージを送っているようなものだった。

ゲストバイオリニストは調子が悪かったのか、期待ほどの音を出せなかったのは事実だ。でも、ゲストとして呼んだソリストに対して、お客さんが拍手をしないならともかく、団員が拍手をしないなんて、前代未聞だ。それでも団員の他の誰かだったなら、まださほど問題ではなかったかもしれない。団員もお客さんも気づかなかった可能性もある。だけど、ヅカさんはコンマスだ。うちの団員の代表なのだ。それなのに、拍手を拒んでいちばん指揮者に近い場所に堂々とすわっている。ソリストに対してより、指揮者に対して挑発的な態度だったともいえる。

やっちゃったよ。僕は声に出さずに思った。ついにヅカさんがやってしまった。これをきっかけに、指揮者とヅカさんの対立が表面化する。楽団がバラバラになる姿が頭に思い浮かぶ。僕は舞台の上でどきどきしながら俯いて、左手に持ったトロンボーンの縮めたスライドの先だけを見ていた。

気持ちが乱れる中、指揮者とソリストが退場していった。やがて客席の明かりがついて、僕たちも舞台を下りた。

「拍手をしないのは、大人げなくないですか」

楽屋に戻って楽器を置き、小さな声でキーチさんに言った。

「ヅカさんが拍手しなかったこと？」

トロンボーンを手早く分解しながらキーチさんが聞き返す。

「そうです。コンマスなんですから、あそこは拍手するべきだったんじゃないですか？　指揮とソロの顔を立てるべきだったと思うんですけど」

「そうかな」

「そうでしょう」

「おまえ、ほんとにそう思う？」

「だって、楽団としては拍手で敬意も表せないようなソロを招いたってことになるわけですよね。それを認めたらお客さんだってがっかりするんじゃないですか」

「あの演奏を認めたら、もっとがっかりするんじゃないか」

キーチさんは手を止めて僕を見て、力強く言い切った。

「俺はヅカさんが拍手しなかったのは正解だと思う」

へえ、と横から割り込んできたのはコントラバスのベテラン、野坂さんだった。

「やさしいね。弟から兄にビシッと言ったほうがいいと思うけどなぁ」

「何をですか？」

キーチさんが野坂さんのほうを振り向く。

「野坂さんも、ヅカさんは拍手すべきだったと？」

「悩むところだけどね。ただ、もう少しやり方はあるんじゃないかな。このままだと誰もソロで来てくれなくなるよ。それは困ったもんでしょ」

それほど困っているわけでもなさそうな顔で野坂さんは肩をすくめ、離れていった。僕は分解したトロンボーンをクロスでざっと磨いてケースにしまう。

何故キーチさんはそこまでヅカさんをかばうのだろう。ヅカさん自身がソロを弾いたらもっとよかったんじゃないか、と思っている団員はきっと何人もいる。でも、指揮者とコンマスが仲違いをしてしまったら、楽団がめちゃくちゃになってしまう。今日はまだ演奏会の初日。明日からもあるのだ。

「ヅカさん、これからどうですか。ちょっと飲みにいきませんか」

ヅカさんを誘うキーチさんの声が聞こえる。

「おう」

ヅカさんが野太い声で応えている。

とっさに顔を上げた。ふたりは兄弟と呼ばれていながら、楽団内で話す姿を見かけることはほとんどない。練習の後に、ふたりが飲みにいくところを目撃するのも初めてだ。どんな話をするのか聞きたい。とりわけ、今日のことをどんなふうに話すのか、ふたりの会話をこの耳で確かめたい。

「すみません、僕もいいですか？」

できるだけ能天気な声で名乗りを上げると、キーチさんが面倒臭そうな顔でうなずいた。

二人の話を聞く、そう思ったのだけれど――。

予想に反して、というか予想通りというか、ヅカさんはやっぱり寡黙で、キーチさんと僕ばかりが話すことになった。ワカメとシラスの酢の物だとか、ふろふき大根だとか、全体的に地味なものばかりが並んだテーブルで、

「若いんだよな」

急にキーチさんが僕にそう言い放った。おそらく今日の事件に対する僕の反応のことを言っているのだろう。聞き流そうか、迷った。でも、生中《なまちゅう》に手を伸ばしかけてから翻ってキーチさんに向き直った。

「若いといけないんですか？」

「いけなくなんかないさ。でも、若くてびくびくしてるのはかっこ悪いよ」

「誰がびくびくしてるんですか？」

「おまえがだよ。ヅカさんの行動で楽団がバラバラになるんじゃないかって心配してるだろ」

「キーチさんは、心配じゃないんですか？」

「ぜんぜん。心配じゃないさ。俺らはみんな、音楽をしに集まってるんだよ。みんなで仲良くするために集まってるわけじゃない」

僕は思わずヅカさんを見てしまう。ヅカさんはどうして黙っているんだ。いったいどう思ってこの会話を聞いているんだ。目が合うと、重い口をやっと開く気になったようだった。

「ああ、つまり、俺か？　俺が拍手しなかったから、指揮もソロも気を悪くして楽団の雰囲気も悪くなって崩壊の危機に、とかそういうこと？」

ヅカさんはだるそうに言ったかと思うと、目尻に深い皺を寄せた。笑っているのだ。いきなり笑う意外さに、言葉も出ない。何がおかしいんだ。

「妄想激しいなあ。そんなこと、まさか本気で思ってないだろ？」

残念ながら思ってますけど。あなたのせいで団員の気持ちがバラバラです。でも、さすがに本人に直接言う勇気はない。

「じゃあさ、おまえ、今日のバイオリンソロ、どう思ったわけ？」

「それは、僕も『なってない』とは思いました。ネームバリューだけで呼んじゃった気はします」

「だろ?」

「けど、それをあんなふうに態度で表すのもどうかと思うんです」

ヅカさんは、枝豆を口に運びながら、不思議そうに首を傾げた。

「なんで?」

「なんでって、楽団がまとまらなくなるでしょう?」

「だから、なんでよ? なんで楽団がまとまらなくなるの? あのソロは駄目だった。いいじゃない、その正直な感想。正直にいかなくてどうすんの」

「いや、でも、正直であればいいってもんじゃないですよね」

「ん」

相変わらず平然と枝豆を食べているヅカさんを見ていたら、この際、遠慮せずに思っていることを言ってやろうという気になった。

「指揮者には指揮者の考えがあってやってるんじゃないですか。外から呼んできたソリストに対する礼儀だってあるでしょ。それをコンマスに否定されたら立つ瀬ないですよ。みんなひやひやしてると思いますよ」

横で聞いていたキーチさんが、薄く笑う。

「ははーん、おまえ、さては他の団員を甘く見てるね」

「甘く？　僕がですか？」

どういうことだろう。甘く見ているつもりなどなかった。

「あのね、他の団員は誰もひやひやしてないし、心配もしてないぜ。わかってないのはおまえだけなんだよ」

隣でヅカさんも笑っている。

「ついでにいうと、指揮者もいらいらしてないよ。敢えていうなら、ソリストはあまりの己の不出来さに今頃いらいらしてるかもしれないがな。むしろそうでなきゃ困る」

「おまえさ、見くびっちゃいけないよ。俺たちのこと。楽団のこと。正直でいればいいんだよ。っていうか、音楽やるんだったら正直でいるしかないんだよ」

それじゃなんだか僕が何もわからずに、楽団内の人間関係に汲々とするつまらない人間みたいじゃないか。楽団内最年少の僕が楽団の心配をしているというのに、この人たちはのんきなものだ。

少し酔ったのか、赤らんだ顔のキーチさんが僕を見た。

「おまえ、なんでトロンボーン吹いてるの」

キーチさんのせいじゃないか。十年前にトロンボーンは神の声だと誘惑したのはキーチさんだったじゃないか。

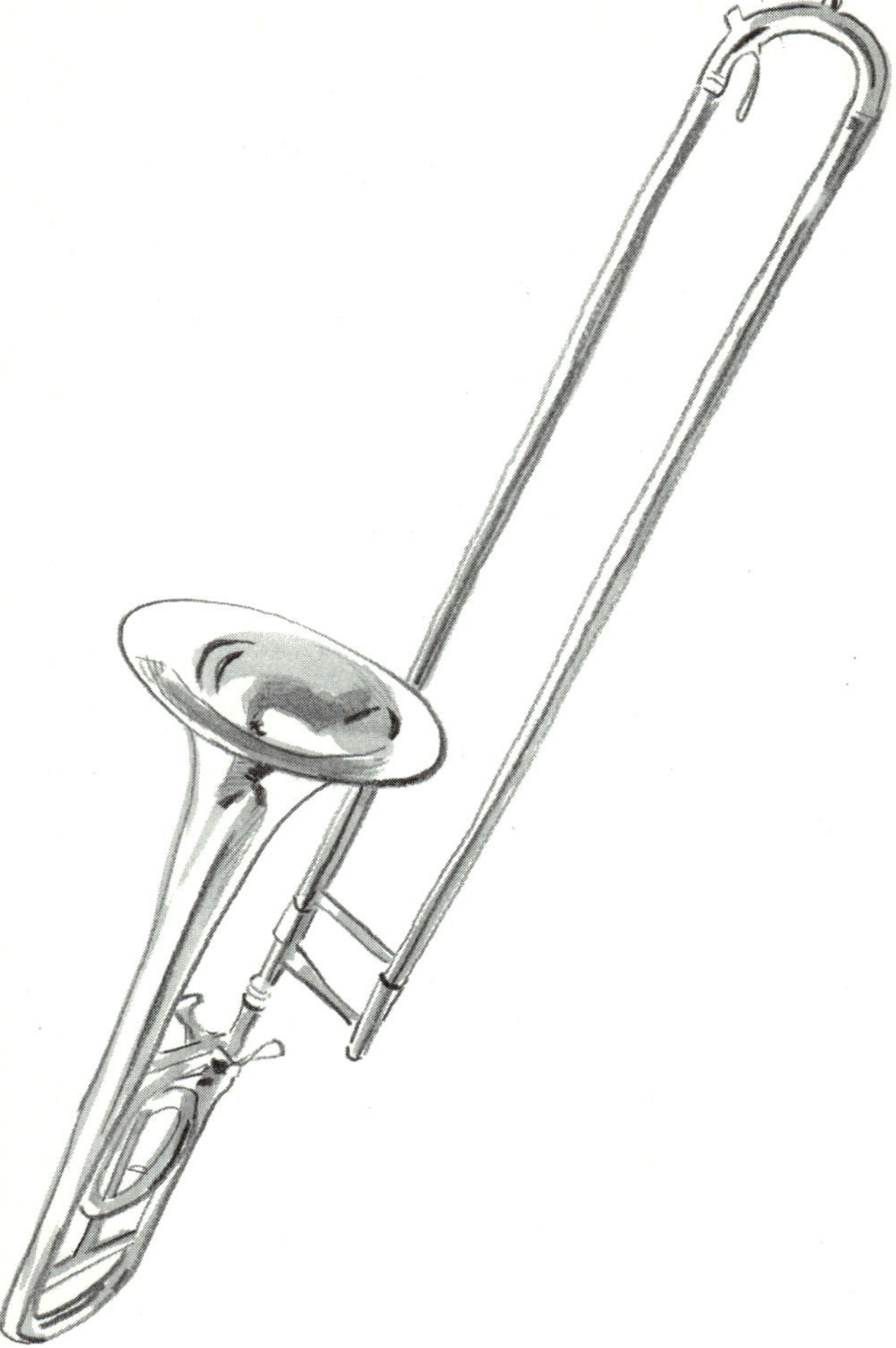

でも、そんなことは言わない。キーチさんの音に憧れてトロンボーンに転向しただなんて一度も口にしたことはない。

「もう聴いたのかよ」

「何をですか」

ああ、まただ。また、キーチさんがにやりと笑った。なんとなく、次に来る言葉がわかった気がした。

「神の声に決まってるじゃないか」

神の声——聴けるようなら苦労はしない。毎日トロンボーンを吹いて、うまく吹けた気がしても、トロンボーンの音色はトロンボーンでしかない。神の声に聴こえる日なんて、そもそもほんとうに来るんだろうか。

「何の話だか知らないけどさ」

ヅカさんが口を挟んだ。見れば、すっかり顔が赤くなっている。見かけによらずアルコールに弱いみたいだ。

「おまえのトロンボーン、いいときはすごくいいよ。華やかで、キレがあってさ」

えっ、と思った。どうしたんだ、急に。

そう思いながらも、気持ちがぶわりと浮き立つのがわかる。僕のトロンボーンに華があると、コンマスにほめてもらえたうれしさがこみ上げる。

「だけどさ」

ヅカさんは続けた。

「ムラがあるんだよ。ミスしてもいいってどこかで思ってないか？　見せ場でちゃんとカバーしてみせるって思ってるところ、ないか？」

声も出なかった。浮き立った気持ちが喉元まで届かないうちに、またするすると萎んでいく。陰にある慢心まで見抜かれていたことに、愕然とした。

「ソロならいいんだ。むしろ人気が出るかもしれない。人間味があるとか評価されるよ、きっと」

辛辣な冗談のようだった。

「だけど、俺たちはオーケストラだ」

酔っているようで、目はしっかりと僕を見据えていた。

もしかして、さっき僕がバイオリンソロについて正直な感想をいったから、だろうか。だから、ヅカさんも正直に僕にアドバイスをくれているのか。皮肉でも何でもなく、厳しいけれど正直で、真正面から受け止めるしかない意見。考えてみれば、これまで楽団内の誰かからちゃんとしたアドバイスなどもらったことがあったろうか。

この人の率直さには覚えがある。今まで僕が汲み取ろうとして取りこぼしてしまっていた、キーチさんから染み出す何かととてもよく似ている。正直さ。やさしいとか、辛辣であるとか、まわりは勝手に判断するけれど、このふたりはただ正直だった。その加減が似ているせいで、兄弟のように見えてくるのかもしれない。

「神の声っていうのはさ」

キーチさんが話を引き取った。

「自分の音だけ聴いてても聴こえないんだよ」

どういうことだろう。自分の楽器が奏でるはずの音なのに。

「楽団の中にいて、まわりの音に耳を澄ませていると、音色が聴こえてくるんだ。ここにこんな音が響いたら完璧だっていう、まさに神の声。そのときにその音色を吹いているのが自分のトロンボーンだっていうのが後からついてくるんだな」

キーチさんの静かで美しいロングトーンの音色が耳によみがえる。決して派手ではないのに力強く、冷たいようで、熱があるようで、硬いようでいて、やわらかくて。あの音が、そんなふうに聴こえてくる神の声だとしたら、とても敵わない。

どこにどんなふうに入れてもいいゴールに、ここしかない、と思わせるシュートを決める。

どんなふうに攻めてもいい王将を、この一手しかない、という手で詰む。何かそんなふうな、これしかない、という音を、きっとキーチさんは聴いている。だから吹けるのだ。聴いてしまえばこれしかなかったと深く納得せざるを得ないのに、僕には見つけることのまだできない音。僕がどんなに考えて、工夫をし、技巧を凝らしても、それをやすやすと裏切る音をキーチさんは吹く。

僕には聴く耳が足りなかったということか。人の音に耳を澄ませる、それができていなかったということか。

自分の中に神の声を聴くのではなく、楽団の響きの中から聴き取る。神の声は、僕の外にある。だから、僕ごときが考えたり悩んだりしたって駄目なわけだ。

不意に、穴熊で囲った王将が脳裏に浮かんだ。ミスのないように、負けないように、手堅く守るキーチさんの将棋。あれは、トロンボーンだったのか。穴熊のように堅実なトロンボーンで、いざというときに存分に仕掛けるための布石だったのか。

そうだ、キーチさんは不用意な一手を指さない。勝ちに拘るからだ。飄々とした人だとばかり思っていた。僕はいったいキーチさんの何を見ていたんだろう。絶対に勝ちたいからこそ、勝ち負けから解放されたときに神の声が聴こえるんじゃないか。だからキーチさんの大胆なパッセージに、繊細なロングトーンに、あんなに胸が揺さぶられるのだ。

音楽は勝ち負けじゃない。いろんなよさがあるのだから勝ちも負けもない。そんなことを嘯《うそぶ》いている僕の音とは決定的に違う。どんなにいろんなよさがあったとしても、神の声は、そこにしかない音色だ。「この音」しかない音だ。そこから外れればみんな負けなんだと思う。

ヅカさんにはヅカさんの「この音」があるのだろう。もしかして、バイオリンにも神の声があるのだろうか。

チェロにはチェロの、ティンパニにはティンパニの神の声があって、団員たちはそれぞれその声を聴いているのだとしたら——たしかに、わかってないのは僕だけだった。

顔を上げると、キーチさんはもう涼しい顔でグラスに手を伸ばしていた。

僕はぐっと唇を噛んで黙った。貴重なアドバイスだった。ありがとうと言うべきかもしれない。だけど、言えない。言いたくない。

お礼を言うとしたら、僕が神の声を聴いてからだという気がした。

「つまり」

僕は言い淀む。

「楽団はびくともしてないんですね」

ヅカさんとキーチさんが平然とうなずく。

「そして、ええと、正直になるしかないんですね」

音楽の前では自分を偽っても太刀打ちできない。だから、謙虚になる。嘘をついてもしかたがない。正直になるしかない。

ヅカさんもキーチさんも、正直に徹している。団員たちもそれをちゃんとわかっているとしたら、やはり僕だけが取り残されてひとりで右往左往していたことになる。

「あー、ヅカさん、前から言いたかったんですけど」

キーチさんの声にヅカさんが赤い顔を上げた。いつのまにか、その手に銀色の、目の細かいヤスリのようなものを握っている。

「食べものの上で爪磨くのやめてくださいよ」

見ると、ヅカさんの肉厚な指先の爪はきれいに整えられていた。爪の山の部分を平らに、両端を長めに、直線的に切り揃えられ、磨かれている。その直線の部分をヤスリで擦っているのだった。

いい爪だった。覗き込んで惚れ惚れする。この爪であのビブラートを生むのだ。常にヤスリを携帯してコンディションを保つ感じ、よくわかる。酔っていい気分になったときに、おもむろに取り出したくなるのもよくわかる。僕も、学生の頃はマウスピースを持ち歩いて、暇さえあれば吹いていた。神の声を聴きたい一心で。

僕はこれからどこまで正直になれるだろう。神の声を聴けるかどうかは、そこにかかっているのだと思う。


意外にアルコールに弱かったらしいふたりとともに店を出る。

「ちょっと、ヅカさん、だいじょうぶっすか」

ふらつくヅカさんを支えようとしたキーチさんの足取りも危なっかしい。反対側からヅカさんを支えると、ヅカさんを真ん中にしてなんだか三人で肩を組むような恰好になってしまった。キーチさんはまだしも、ヅカさんと肩を組むことになるなんて思いもしなかった。

一瞬、僕まで含めて三兄弟に見えるかなという思いが脳裏をかすめ、頭を振ってそれを追い出した。まだ兄弟には距離がある。そもそも兄弟の末弟になんか見られたくない。

憧れちゃいけない。憧れたら永遠に追いつけないだろう。憧れる半歩手前の場所からキーチさんの背中に手を伸ばす。神の声を聴く。次に神の音色を奏でるのは、僕だ。

ふと見上げると、空に星はなかった。僕たちは暗い空の下を、ちょっとふらつく足取りで、ちょっといい気分で、もう黙って歩いていった。

ダ・ヴィンチ・恐山

@d_v_osorezan そこかしこ

twitter に入会しています。フォロー返してほしい人はリプライください。フォローちょーだいとかそんなんでいいです。朝の挨拶はスラマッパギ(インドネシア語)

http://iddy.jp/profile/d_v_osorezan/

フォロー

@d_v_osorezanさん宛てにツイート

ツイート

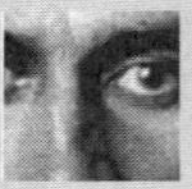

@d_v_osorezan ダ・ヴィンチ・恐山

【TSUTAYA の店内放送でよく聞く音】トゥタ～ヤ、ウェウェウェウェ～イ

2 時間前 web から

ちょっと前のツタヤの袋
持ち手がなくて
よく落とした。
ツタヤ

@d_v_osorezan ダ・ヴィンチ・恐山

TSUTAYA で DVD 借りてきた。『アポロ13』借りてきた。アポロチョコを複数人で食べてたけど均等な分配ができなくて困るみたいな話だと思う。

2 時間前 web から

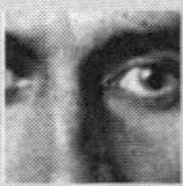

@d_v_osorezan ダ・ヴィンチ・恐山

再生したらいきなり地球が自転してる映像が流れて「もう本編か～」と思って見てたらユニバーサルスタジオのロゴ映像だった。「海のシーンから始まるのか～」と思っていたら東映ロゴだったことはない。

2 時間前 web から

@d_v_osorezan ダ・ヴィンチ・恐山

アポロチョコが余る話ではないらしい。

2 時間前 web から

(◀左方向に進んでいきます)

@d_v_osorezan ダ・ヴィンチ・恐山

【あらすじ】 アポロ13号に乗り組み月へと旅立つはずだったジム・フレッド・ケンの3人、でも直前になってケンに風疹疑惑がかかり、予備チームのジャックと交代！？　培ってきたチームワークは！？　さらに宇宙空間で酸素タンクが爆発！？　これから一体、どうなっちゃうの～！？

2時間前 web から

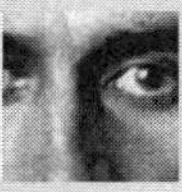

@d_v_osorezan ダ・ヴィンチ・恐山

「月が綺麗ですね」（I Love You）　「突きが綺麗ですね」(Oh, You Are Kendo Master.....)

2時間前 web から

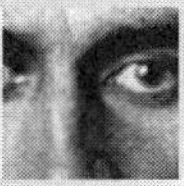

@d_v_osorezan ダ・ヴィンチ・恐山

宇宙船のドッキングをそのへんにあるコップとかボトルをつかって説明するみたいなシーンがかっこいい。

2時間前 web から

@d_v_osorezan ダ・ヴィンチ・恐山

アメリカ映画の、登場人物が有名になったことを示すならとりあえずタイム誌の表紙飾って店頭に並べとけ的発想。

2時間前 web から

@d_v_osorezan ダ・ヴィンチ・恐山

なんか、みんなで一つのロケット発射のためにヤイヤイする上気した感じが、文化祭準備のように見える。

2時間前 web から

@d_v_osorezan ダ・ヴィンチ・恐山

「小さな一歩ですが人類には大きな飛躍です」みたいな名台詞、どこで考えるんだろう。地球ですでに思いついてたとしたらちょっと興ざめだな。事前に考えてあった「閉幕の挨拶」を聞かされているような気分になる。

2 時間前 web から

@d_v_osorezan ダ・ヴィンチ・恐山

最初、主人公がトム・ハンクスだということに若さのせいで気がつかなかったけど、生え際の後退具合でやがて彼だとわかった。

2 時間前 web から

@d_v_osorezan ダ・ヴィンチ・恐山

宇宙船地球号とかいっても、太陽の周りをぐるぐるまわってるだけで、実質山手線みたいなもんだ。

2 時間前 web から

@d_v_osorezan ダ・ヴィンチ・恐山

とりあえず名目だけでも月旅行に行きたい人は、愛知県東栄町に「月」という土地があるのでそこに行ってういろうでも買って帰ればいいですよ。

2 時間前 web から

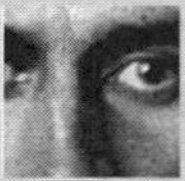

@d_v_osorezan ダ・ヴィンチ・恐山

月には『静かの海』と名付けられた平野がある。行ったこともないのに、人類は勝手にそこへ名前をつけた。人間は名前をつけたがる生き物だ。そして、名前をつけるからこそ、そこへ行きたくなるのだろう。

2 時間前 web から

（◀左方向に進んでいきます）

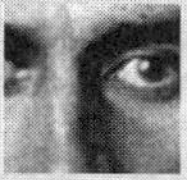

@d_v_osorezan ダ・ヴィンチ・恐山

小さいころはプラレールの線路がうまくパチッとはめられなかったし、いまもアルミサッシや障子をレールにはめ込んだりするのが大の苦手だから、僕にシャトルのドッキング作業は絶対に無理だろうな……

2 時間前 web から

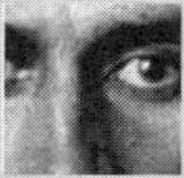

@d_v_osorezan ダ・ヴィンチ・恐山

映画内で不自然なほど急激にピンチが襲うと「ああ夢オチか。たぶんそろそろまぶたがドアップで映って目が覚めるシーンになるんだろうな」と思ってしまう。

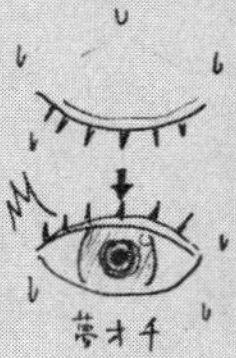

2 時間前 web から

@d_v_osorezan ダ・ヴィンチ・恐山

宇宙飛行士は、全人類を置き去りにする職業だ。

2 時間前 web から

@d_v_osorezan ダ・ヴィンチ・恐山

アメリカの子供部屋の壁紙とベッドシーツは派手な模様じゃなくちゃいけない決まりでもあるの？

2 時間前 web から

@d_v_osorezan ダ・ヴィンチ・恐山

たぶんアメリカの子供は大きくなったら「もうこの宇宙船の柄の壁紙ダサいからはがしてよ！」とか言うようになって、それを機に両親は子供が思春期になったことを知るのだろうな。

2 時間前 web から

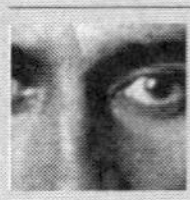

@d_v_osorezan ダ・ヴィンチ・恐山

ブースターエンジンの角に足の小指をぶつける。#宇宙飛行士あるある

2時間前 web から

@d_v_osorezan ダ・ヴィンチ・恐山

映画の中で鳴る電話のベルが自分の携帯の着信音に似てるとビクッとする。あとヨドバシカメラの CM で鳴る「ピピピピピッ」みたいな音、家の着信音とぜんぜん違うのにビクッとしてしまう。

2時間前 web から

@d_v_osorezan ダ・ヴィンチ・恐山

宇宙飛行士スーツの透明なヘルメットみたいなやつをかぶってる時にくしゃみしたら、ものすごく悲惨なことになりそう。

2時間前 web から

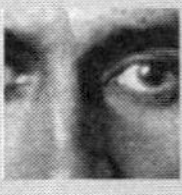

@d_v_osorezan ダ・ヴィンチ・恐山

いまアポロ13号が打ち上げられた。だがこの計画は事故で失敗し、月に届かぬまま地球へ帰還する。史実にもとづく映画は結末がわかっている。結末がわかっているから失敗までの過程に感情を込められるし、届けとエールを送りたくなる。

2時間前 web から

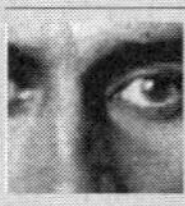

@d_v_osorezan ダ・ヴィンチ・恐山

「打ち上げも無事成功したことだし、打ち上げでも行くか！」「まだ早いっすよ～（笑）」#管制塔の人がしてそうな会話

2時間前 web から

（◀左方向に進んでいきます）

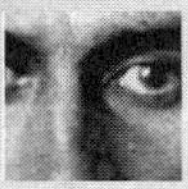

@d_v_osorezan ダ・ヴィンチ・恐山

アクシデントが発生し、映画の視聴が困難になった。

2 時間前 web から

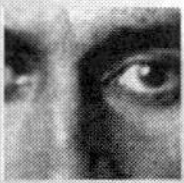

@d_v_osorezan ダ・ヴィンチ・恐山

中学時代、修学旅行の行きのバスの中で 39 度の熱を出してどの名所も見ることなく京都から東京へＵターンして帰ったニシオカ君のドキュメンタリー映画をこれと同じ予算と手間をかけて撮った映画があったらものすごく観たい。

2 時間前 web から

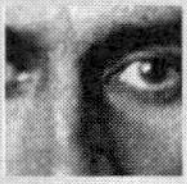

@d_v_osorezan ダ・ヴィンチ・恐山

管制塔にいる黒ぶちメガネの男の人、なんか下っ端っぽい見た目で、語尾にヤンスが似合いそう。

2 時間前 web から

アクシデントでやんす
下っぱ

@d_v_osorezan ダ・ヴィンチ・恐山

映画の登場人物が右腕に腕時計してると「あ、左利き設定か……」などと余計なことを考えてしまう。

2 時間前 web から

@d_v_osorezan ダ・ヴィンチ・恐山

この映画の主人公、ジム・ラベルは現在も存命だそうだ。自分を別の人間が演じるってどういう気分なんだろうか。

2 時間前 web から

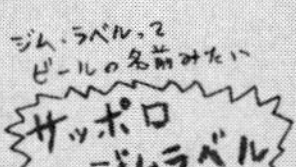
ジム・ラベルってビールの名前みたい
サッポロ
ジムラベル

@d_v_osorezan ダ・ヴィンチ・恐山

「つまり、アポロ13号の事故は『失敗』を成功させたことが偉大なのだな」などと上手いことを言おうと思っていたら、もうすでにアポロ計画のこの事故に関して『成功した失敗』という評価があるらしい。パクられた。

2時間前 web から

@d_v_osorezan ダ・ヴィンチ・恐山

爆発事故のため酸素が漏れて電力も足りなくなったので、電気機器のスイッチを切って極力じっとすることで無駄に電気を食わないようにする作戦に出た。なんか、「生活力のない貧乏人の月末」みたい。

2時間前 web から

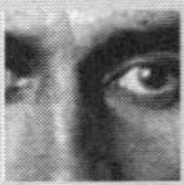

@d_v_osorezan ダ・ヴィンチ・恐山

管制塔の悪口を言う時だけは俺たちはひとつになれる
#宇宙飛行士あるある

2時間前 web から

@d_v_osorezan ダ・ヴィンチ・恐山

乗員が、2人のりの船に3人のってたせいで二酸化炭素が増えて困ってる。スネ夫の「悪いなのび太。この車は3人乗りなんだ」はこういうケースを踏まえた場合、英断だな。

2時間前 web から

@d_v_osorezan ダ・ヴィンチ・恐山

映画に80過ぎのおばあちゃんとか出てると、公開年と照らしあわせて「ああ、この人はもう今はいないんだろうなぁ」などと考えてしまう。

2時間前 web から

（◀左方向に進んでいきます）

@d_v_osorezan ダ・ヴィンチ・恐山

事実が虚構として再構成され、一種の神話になる。登場人物のモデルとなった人たちは、その魂をフィルムに分け与え自身をフィクション化する代わりに、永遠に生き続ける。

2時間前 web から

@d_v_osorezan ダ・ヴィンチ・恐山

『スター・ウォーズ』を見ながら「まあ行ってない人はこう撮っちゃうよねぇ〜」などと言う。 #宇宙飛行士あるある

2時間前 web から

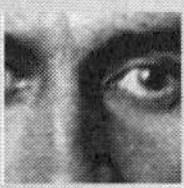

@d_v_osorezan ダ・ヴィンチ・恐山

「月」という漢字は形からして三日月限定っぽいから、満月を指すもっと丸っこい形の「月」も欲しい。

2時間前 web から

@nedikes にぅま

月←『綺麗ですね』『はい』　脅←『アレは?』『力でねじ伏せられた月です』　炙←『アレは?』『焼かれる月です』　能←『アレは?』『ムヒヒと笑う月です』　用←『アレは?』『筋が通った月です』　且←『アレは?』『地に足がついた月です』　ノ←『アレは?』『月のもげた足です』

2時間前 web から

@d_v_osorezan がリツイートしました。

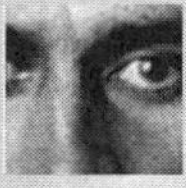

@d_v_osorezan ダ・ヴィンチ・恐山

大気圏突入なう。

2時間前 web から

@d_v_osorezan ダ・ヴィンチ・恐山

全員、無事に帰還し、映画は終わった。帰還することは最初からわかっていたというのに、搭乗員と管制塔の働きに対する感動が薄れることはなかった。

2時間前 webから

@d_v_osorezan ダ・ヴィンチ・恐山

DVD特典が『予告編映像』『CM映像15秒ver.』『CM映像30秒ver.』だったときのガッカリ感と、DVD特典映像を見始めたら本編と同じくらいボリュームのあるドキュメンタリーだった時の飽食感。

2時間前 webから

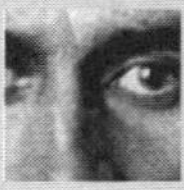

@d_v_osorezan ダ・ヴィンチ・恐山

いい映画だった。いい気分に浸ろうと思って窓を開けて空を見上げたら曇っていて星ひとつ見えなかった。まあ雲の上にはちゃんと星も月もあるんだろうし、別にいいや。

2時間前 webから

@d_v_osorezan ダ・ヴィンチ・恐山

星といえば、星新一のショートショートに『繁栄への原理』というものがある。宇宙開発に力を注いで高度な文明を持つ惑星に着陸した地球人が、その星の住民に、ここまで高い文明を得られたのはなぜかと尋ねると「宇宙開発をやめて地上の繁栄に力を注いだからです」と答えた、という話。

2時間前 webから

@d_v_osorezan ダ・ヴィンチ・恐山

『繁栄への原理』は米ソ宇宙開発競争への痛烈な皮肉なんだけど、『アポロ13』を観た今、僕はむしろこれが人間というものの愉快さなのだ

(◀左方向に進んでいきます)

と思った。人類は自らの繁栄のために月を目指したんじゃない。本当はただ月に行ってみたかったんだ。
2 時間前 web から

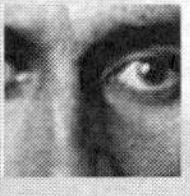
@d_v_osorezan ダ・ヴィンチ・恐山
「月へ、遠くへ行ってみたい」という衝動が、ここまで多くの人々を動かしてしまうだけの力を持っている。アポロ計画はそれを証明出来ただけで価値を持っているように思う。
2 時間前 web から

@d_v_osorezan ダ・ヴィンチ・恐山
でも正直、観てる間は「メーターがたくさん出てくる映画だなぁ～」くらいのことしか考えてなかったよ！
2 時間前 web から

19

ライト兄弟が世界で
初めて飛行機による飛行に
成功したのが1903年。
その飛行距離、約260メートル。
それからわずか24年後の1927年、
チャールズ・リンドバーグがプロペラ機で
ニューヨークとパリ間の単独無着陸飛行に成功している。
それから80年余の今、飛行機そのものの発達、
飛行機を利用する人の激増には目覚ましいものがある。
これに比べると、1961年にユーリイ・ガガーリンが
世界初の宇宙飛行をしてからの有人宇宙飛行の
進歩は遅々としているとしか言えないだろう。
やっぱり宇宙は遠いのか。

ディアより知ってるよ」 4

20

ユーリイ・ガガーリンが
人類初の宇宙飛行を行ったのが
1961年ということは、
2011年はそれからちょうど50周年だったわけだ。
で、世界では記念事業がけっこう行われたが、
日本ではそんなに騒がれなかったと思う。
私の周囲でも、この50周年を知っている人はほとんどいなかった。
ガガーリンは27歳で宇宙飛行を行った後、
34歳という若さで事故によって死亡している。
もしガガーリンが今でも生きていたら、カリスマ性を大いに
発揮することができただろうから宇宙の開発事情は変わっていただろう。
実に惜しい。

21

つい最近、光よりも速く飛ぶ素粒子が
存在するという実験結果が発表された。
もし、この結果が正しければ衝撃的だ。

アインシュタインの特殊相対性理論では質量を
持つものは光より速く飛ぶことはできないということに
なっているから。
でも、今回の実験結果を発表した人達も、
〝拙速な結論は出したくない、
世界中で綿密な検証を行って欲しい〟と述べている。
ところで、今の宇宙飛行の速度は光の速度とは
比べものにならないほど遅いので、
特殊相対性理論とは無縁。
すべてニュートン力学だけで
オーケーと言ってもイイ。

22

宇宙飛行士にも役割によって分類がある。
簡単に言うと（ホントに簡単にね）、
宇宙船を操縦するパイロット、
宇宙飛行の目的遂行のための役割を果たす
ミッション・スペシャリスト、宇宙で科学実験を行う
ペイロード・スペシャリスト。
このペイロード・スペシャリストとして
宇宙飛行を2回行った女性は世界で私の女房、
向井千秋だけ。
そして、NASAのホームページで
ペイロード・スペシャリストの欄に代表として
写真が載っているのは向井千秋が宇宙で科学実験をしている姿。
…女房自慢です。
バカみたい。スミマセン。

finish!

ショナル・グランプリ

中村航

なかむら・こう／
1969年岐阜県生まれ。
著作に『僕の好きな人が、よく眠れますように』『星に願いを、月に祈りを』『100回泣くこと』。

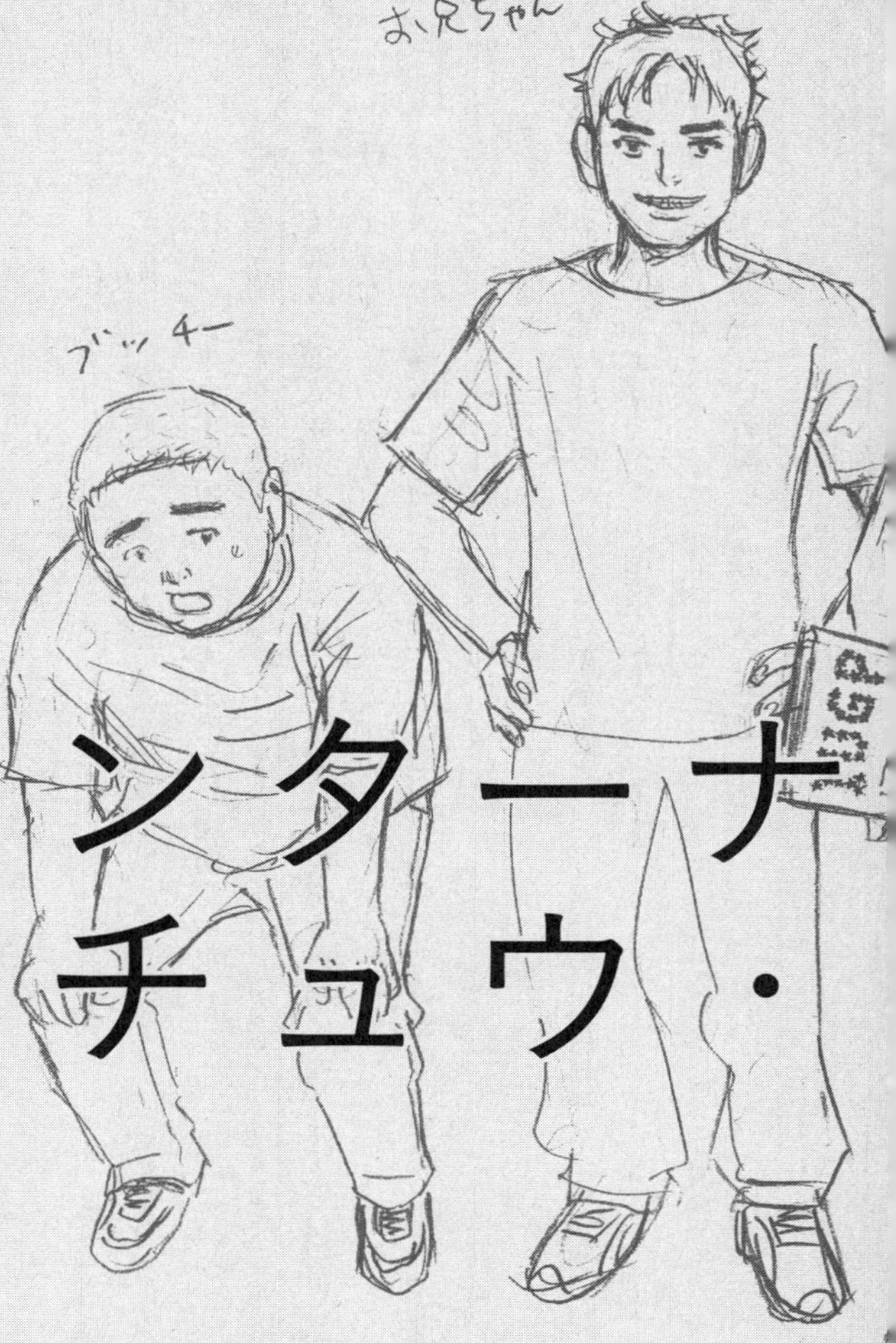

インターナ
ウチュウ・

Let's go to space, brother!

そこは健一と再会するのに、とても相応《ふさわ》しい場所だった。

暗すぎも明るすぎもせず、男女のそういうアレなムードが煽られるような雰囲気でもない。恋人や恋人候補と行くというよりは、友だちと終電くらいまでちょっと気楽に飲むようなバーのカウンターだ。

都内の設計事務所に就職して五年、私はこういう感じのいい場所で飲むことも覚えていた。

「そういえばさー、」

モトカレの健一は、のんびりした声をだす。

「カミジョーとよりっぺが、結婚したらしいよ」

「え、そうなの！」

ずいぶん懐かしい名前を、健一はだしてきた。

「あのコたちって、けっこう長いよね」

「そうだな」

首元に手をやった健一は、ネクタイを緩めた。

今日は、今年になって初めて暑いと思ったかもしれない。初夏の夜、鮮やかな緑のミントを沈めたモヒートが、爽やかで、美味しかった。

「おれらが付き合いだして、ちょっとしてからだっけ？　あいつらが付き合い始めたのって」

「ああ……そうだったかも」

「大学一年から付き合って、それで結婚するって凄えよな」

「うん……。九年くらい？」

「えーっと、そうか。ん？　八年か？」

健一は指を折って、大学一年から今までの年数を確認し始めた。それはつまり、私たちが出会ってから今までに、経った年数でもある。

私たちが付き合い始めたのは、大学一年の秋だった。

もともとは単に仲の良い同級生だった。でもただ仲が良いだけではないことを、私も健一も、どこかでわかっていた。恋と恋ではないものの境界線上で、私たちはつか

ず離れずの青春を送っていた。だけど、

――おれら、一回デートしてみようか。

そんな境界線はどこにもないような顔をして、ある日、健一が軽い調子で言った。

気まぐれだったのか、それとも考えに考えた結果だったのか、私にはわからない。

健一にもわかってなかったのかもしれない。

――いいよ。

と、私は答えた。やだよー、と軽くいなすのと、うん、とはにかみながら言うのの、ちょうど中間くらいのトーンだった。

どんな感じになるのか、まるで想像がつかなかった。だけど日比谷に映画を観に行ったら、意外と恋人みたいな雰囲気になって、それをきっかけに私たちは付き合い始めた。なにそれ、と、後で何人かの友だちに言われた。

「仕事はどう？　忙しいの？」

「うーん、まあ、入社してから、ヒマだーって思ったことはないけど」

「ふーん」

健一は生ビールをぐびぐび飲み、ぷはーとかなんとか言った。

社会人になった健一は、あの頃と違ってスーツを着ているけれど、気取らない感じは相変わらずだった。きっと私も、健一にしてみたら、相変わらずな感じなんだろう。

あの頃、私たちは、随分のんびりと、穏やかな付き合いをしていた。地味だねー、と、友だちにも言われた。毎日電話するとか、ケンカするとか、あちこちに出掛けるとか、べたべたいちゃつくとか、そういう熱い感じがまるでなかった。

「希美って、ピクルス嫌いだったよね」

目の前のピクルスを、健一は一片つまんだ。

「うん……よく覚えてるね」

「そりゃあ、覚えてるよ」

何故だか嬉しそうに健一は言う。

知っているくせに躊躇せずそれを注文するようなところが、健一にはあった。私もまた、そういうのを全く気にしないタチで、昔はそれを相性の良さだと思っていた。

付き合って二年が経つ頃、私たちは忙しいという理由で、あまり顔を合わせなくなった。レポートがあるから来週は厳しいなー、と健一が言えば、はいはーい、と私は答えた。アルバイトとか卒論とか就職活動とか、二人とも本当に忙しくなっていた。

「忙しいから」というのは言い訳なんだろうな、と、お互いわかっていた。忙しくてもなんでも、会いたいなら会うだろう。嫌いとかじゃないし、会いたくないわけではないけれど、多分、そういう情熱が薄れていたんだと思う。

「希美はマック行っても『ピクルス抜きで』って注文してたよなあ」

「ああ」

私は少し笑った。

大学四年になってすぐ、私たちは「戻ろう」と言って、静かに別れた。穏やかに始まった付き合いは、穏やかに終息した。

「今から思えば、健一に食べてもらえばよかったんだ、ピクルス……」

「んー、それはどうかなあー」

それから私たちは、戻ろうと言って本当に友だちに戻ることができてしまった数少ないカップルの一組になった。共通の友だちと一緒に飲みに行くこともあったけど、誰の目から見ても、仲の良い友だち同士に見えただろう。

結局、私たちにはそれくらいの距離感が、いちばん心地良かったんだと思う。

その後、私たちは就職活動を経て、健一は食品会社に、私は今の設計事務所に就職を決めた。卒業する直前、一度だけ二人きりで飲みに行った。卒業してからはそれなりに疎遠になってしまったけれど、半年に一度くらいメールをやりとりしている。一度か二度、同窓会みたいなところで会ったこともある。

「すいません、お代わりお願いしまーす」

「あ、私も、同じものを」

バーテンのお兄さんは、にっこりと笑ってグラスを回収した。

今日は健一がたまたま仕事で私の会社の近くに来るというので、急に会うことになった。会うのは二年ぶりくらいということになる。

「そっちはどうなの？　仕事は楽しい？」

お代わりのモヒートを受け取り、私は訊いた。

「うーん、まあ、楽しいとかじゃないけど、でも会社に行きたくないとか、そういう感じじゃないな、もちろん、朝は超だるいけど……」

健一って、朝苦手だったかな、と思いだしてみる。

海に泊まりがけで遊びに行ったとき、健一が誰もいない早朝の浜辺を、よっしゃー、とか言いながら裸足で走っていたのを思いだした。伸びやかな男のコってのは、いいもんだな、と、私は後ろから眺めていた。

「あー、そうそう」

健一は自分のカバンを、がさがさと探った。

「これさ、お土産あげるよ。うちの商品」

白い紙で包装された小さな箱を、健一は差しだした。

「え、ありがとう。これなに？　カレー？」

受け取った箱は、レトルトのカレーの箱くらいの大きさだった。健一の会社はインスタントのラーメンで有名だけれど、レトルト食品なんかも作っているのだろうか……。

「二年くらい前なんだけどさ。おれの作ったヤキトリが、宇宙に飛んで行ったんだ」

「宇宙？」

宇宙に飛んで行くヤキトリ——。

ヤキトリの串から白い羽が生えて、ぴらぴらと大空に向かって飛んでいく姿が思い浮かんだけれど、そんなわけはなかった。

「それって——」

と、私は言った。宇宙という言葉に、頭の奥のほうがくすぐったくなる。

「ん？」

「タレなの？　それとも、塩？」

「塩だよ！」

健一はうははは、と笑った。

「『Space Negima』っていうんだけどさ、ほら、あの、二年くらい前に宇宙に行ったあの人、なんて言ったっけ？　あの人ヤキトリが好きらしくて、リクエストされたんだけど」

それって——と私は言いかけたんだけど、健一はしゃべり続けた。

「外国人の宇宙飛行士にもめっちゃ人気だったんだぜ。アメリカ人とメキシコ人も肩組んで『ヤキトリ、サイコー』なんて言ってたしさ。今はこれ、イベントなんかのときに、お土産で売ってるんだよ」

へえー、と思って白い包みを見た私が、それでその人って、と訊く前に、健一はまたしゃべり始めた。

「おれたちって、みんな重力に縛られてるじゃん。普段やることも、口にすることも、何気に考えることも、スポーツの世界記録とかも、みんな地球の重力に縛られてるわけじゃん」

健一はしゃべり続けた。とても嬉しそうに。

「でもさ、おれの作ったヤキトリは、地球に繋がれた鎖を解いて、宇宙へ羽ばたいてったんだよ。まあ、おれはこの仕事も行きがかり上っていうか、たまたま自分に声が掛かったっていうか、ちょっと関わっただけなんだけどさ。でも嬉しかったし、楽しかったな」

健一はビールをぐびり、と飲んだ。

「人生の中で、少しでもそういうことに関われたのが嬉しくてさ。でもそれって希美のおかげもあるからさ」

「え、そうなの？」

全く身に覚えがなくて、私はちょっと驚いてしまった。

「そうだよ。おれが今の会社に入ったのって、希美の影響みたいなのがあったからさ」

「え⁉」

そう言われても、ますます身に覚えがなかった。あの頃の二人の関係の中に、そんなエピソードってあっただろうか……。

「ん？　話したことなかったっけ？」

健一がグラスを傾けると、二杯目のビールが空になった。バーテンのお兄さんにお代わりを頼み、健一はゆっくりと語りだした。

「あのさ、就職活動してたとき、食品関係に行きたいかな、ってのは思っていたんだけど、どの会社に行きたいとかはなかったんだよ。でも、いろいろ調べてるときに、今の会社の事業内容のところに、もの凄ーく小さくだけど、『宇宙事業』ってのがあったんだ。つまり宇宙食の開発製造ってことなんだけどさ。まあ、それが凄く気になって、とにかくそこを第一志望にして頑張ったんだよ。それでやっぱり、おれの中で、宇宙と言えば希美だからさ」

「何で？」

全然、思い当たるフシがなかった。バーテンのお兄さんが、感じのよい笑顔で健一にビールを差しだす。

「……それって、初めて一緒に観にいった映画が、『スター・ウォーズ』だから？」

「違うよ」

健一は笑い、ビールに口をつける。

「じゃあやっぱり……名前とか……親のこと？」

私の名前は『星子希美』といった。『星子』という苗字は珍しいから、初めて名乗ると必ず聞き返される。「星とか好きなの？」などと聞かれることも多い。

そしてもう一つ、私の父親は、宇宙航空研究開発機構「ＪＡＸＡ」に勤めていた。小さい頃、ほんの数ヵ月だったけど、種子島に住んでいたこともある。

「いやー、それもまあ、少しはあるかもしれないけれど、でも違うよ」

ＪＡＸＡで星子となると、まるで宇宙の申し子みたいに思われることがあった。でも実際のところ、お父さんはＪＡＸＡで経理をしていて、技術職でも、もちろん宇宙飛行士でもない。お父さんの口から宇宙の話を聞くことは、ほとんどなかった。

「あのさ、付き合ってた頃にさ、兄貴の話をしてくれたの、覚えてない？」

「お兄ちゃん？　あ！　その話したっけ？」

「したよ、希美は覚えてないかもしれないけど」

健一はピクルスをつまむ。

「あれからおれ、空を見ると、ときどきその話を思いだしてたんだ。それもあって、就職活動してたときに、『宇宙』って文字に反応したんだよ」

「へえー」

意外だった。あのことがそんなふうに繋がるなんて、想像もしていなかった。

「それにおれ、子どもの頃は、宇宙飛行士になりたいって思ってた時期もあったし」

「え、そうなの？」

「いや、まあ、そういうのってさ、誰でも憧れたりするじゃん。特に男子はさ」

健一は笑い、またビールを飲んだ。

「けど、おかげで今、おれも少しは宇宙に近付けたかなって。ヤキトリを通じてね」

「……へえー」

おれも少しは宇宙に近付けたかな、という健一の言葉が、きらり、と光る星のように心に焼きついた。モヒートのグラスの中、大量に沈められた鮮やかな緑のミントの葉を、私は見つめる。

おれも少しは宇宙に近付けたかな——。

そんなふうに健一が思えたのなら、それは何だかすごく嬉しいことだ。

私とお兄ちゃんとのことも、そうなんだろうか……。

あのとき私たちは、宇宙に近付いたのかな、と思う。

宇宙のことや、星のことなんて、今では、ほとんど考えることはなかった。だけど確かに、かつて私はお兄ちゃんと一緒に、「宇宙」に思いを馳せた時期があった。

☆

イタズラを考えたり、野球をしたり、買い食いをしたり、ツチノコを探したり——。

そういう遊びの中心には、必ずうちのお兄ちゃんがいた。私にとってお兄ちゃんは、小さな世界の王様みたいな存在だったのかもしれない。

私はその頃、我ながらとても根性のある妹だった。お兄ちゃんの行くところなら、どこへでもついていきたかったし、置いていかれたくなかった。来るな、と言われても、お兄ちゃーん、と叫びながら、必死で後ろに付いていった。

お兄ちゃんはそういう私の根性に一定の敬意を払ってくれていて、同級生を中心とした輪の中でも、私を仲間外れにするようなことはなかった。ただ、それでも時々、私をまいて、同級生たちとどこかに行ってしまうことがあった。

一人取り残された私は、泣きながら家に帰るのだけれど、それでもその後は案外けろっとしていた。そういう日は、後でお兄ちゃんがとても優しくしてくれることもわかっていた。例えば山で調達してきたクワガタを、お土産にくれたりして。

どっちにしても、重力に縛られたこの世界の、国や地域といった小さな世界の中の、さらに小さな小さな私の世界の中で、二つ年上のお兄ちゃんはゼッタイの王様だった。

「おれ、宇宙に行くから」

お兄ちゃんは小学五年生のとき、突然そんなことを言い出した。

ちょうどその頃、日本人のナントカさんが宇宙に行ったというニュースが日本中を駆け巡っていた。だから全国で、そんなことを言いだした小学五年生は多かったのかもしれないし、健一なんかもそうなのかもしれない。

私たちにとっては、それも理由の一つだったんだろうけど、父親がＪＡＸＡで働いていたことも関係していた。記憶にないくらい昔に種子島に住んでいたこともあって、そのことも無意識下では関係があったかもしれない。

お父さんは家で宇宙の話なんてしなかったけれど、宇宙の写真のカレンダーや、子ども向けの宇宙の本や、パンフレットを持って帰ってくることがあった。お兄ちゃんは文字は読まなかったけれど、宇宙やロケットの写真には、異様に食い付いていた。人工衛星の模型をもらったときには、目が、きらーん、と（本当に）光っていた。

「いいか、他のやつには内緒だぜ」

ある日、お兄ちゃんは仲間を集めた。なになに、と私を含めた三人はお兄ちゃんの言葉に集中する。

「おれたちで、ＩＵＧＰを作るぞ」

「ＩＵＧＰ？　なにそれ？」

と、タキマルくんが訊き返した。タキマルくんは、お兄ちゃんのブレーンであり、良き相棒であり、副船長のようなポジションにいた。

「インターナショナル・ウチュウ・グランプリだよ」

お兄ちゃんは得意げに言ったけれど、私は小学校三年生ながら、何か変だな、と思っていた。特に〝グランプリ〟というのが、違う気がした。

「宇宙に行くのはすごく大変なことなんだ」

だがお兄ちゃんは重々しく言った。

「だから、今からやれることはやっておかないとな」

どうやらお兄ちゃんは、いつか自分が宇宙へ行くための準備として、IUGPなる軍団を組織しようと思い立ったらしい。

「なあ、タキマル、おれと一緒にいつか宇宙に行こうぜ」

「んー、宇宙か……」

タキマルくんは首をひねった。将来プロ野球選手になるつもりだったタキマルくんは、あまり乗り気ではないようだった。

「ブッチーはIUGPやるだろ」

「いーよー」

普段、ウヒョーとか奇声を発したり、走り回ったり、まあ言ってみれば、お兄ちゃんの周りにいるだけだったブッチーは、あっさりやる気になった。

「お前は？」

お兄ちゃんは私の目をじっと見た。お前はやれんのか？　おれに付いてこれんのか？　というマジメで厳しい視線だった。

だけど、どっちにしても私の答えは決まっていた。私はお兄ちゃんの行くところなら、どこへでも付いていきたかった。きっと「今からガミラス星に行くぞ！」と言われても付いていこうとするだろう。

「やる！」

と、私は答えた。

あまり乗り気ではなかったタキマルくんだったけど、後日、お兄ちゃんがお父さんにもらったお気に入りの人工衛星の模型をあげると、「マジか！」と言って、いきなりスーパーなやる気をみせるようになった。男子は模型に弱い、なるほど、と私は心のノートにメモる（いつか恋をするような歳になったら使おうと思った）。

タキマルくんは、野球選手を夢見るわりには、体力面でお兄ちゃんに劣っていた。タキマルくんの長所は体力よりも知力で、お兄ちゃんが彼を買っていた点もそこだった。私とブッチーはただの忠実な兵隊だったけど、お兄ちゃんの「体力」と「情熱」に、タキマルくんの「頭脳」が加わると最強だった。

やがてＩＵＧＰはおかしな熱を帯びて、真空ハリケーン撃ちのように回り始めた。

炎のコマのように燃えあがり、ノーブラボイン撃ちのようにぶるんぶるんと震えた。

「希美、行くぞ」

「うん！」

お兄ちゃんのほうから私に声を掛けてくれるのは、この会合のときだけだった。

週に何度か、私たち四人は集まり、ＩＵＧＰの会合をした。集合場所になったのはもっぱら図書館で、四人は子ども向けの宇宙の本をかき集めてぺらぺらめくり、そこに書かれていることを紙に写したりした。

小学五年生としてのバランスに優れ、手間を惜しまないタキマルくんが、立派なノートを作ってきた。表紙には青いサインペンで「ＩＵＧＰ」と大きく書いてあった。その文字は、ただ普通に書いてあるだけではなく、複数の☆を並べて一つのアルファベットになっており、ロゴマークみたいになっていた。

「格好いい」

と私が言うと、タキマルくんはにっこり笑って、いつかこのロゴマークのステッカーをつくるんだ、と言った。

「まずは計画を話し合うべきだ」

と、お兄ちゃんが言った。話し合うといっても、実際にはお兄ちゃんとタキマル君が、次々に計画を立て、そのノートに書き込んでいくだけだ。

十二歳――。

お兄ちゃんたちが十二歳のとき、IUGPは実験用の人工衛星を打ち上げることが決まった。それはつまり、来年には実験を行うということを意味する。

私は神妙に頷き、ブッチーは、ウヒョー、と声を上げた。

来年、と私は思った。小学三年生の私にとって、来年というのはかなり未来のことだ。でもいずれやってくる来年を思えば、心が震えるような気分だった。やってやる、と思う。何をやればいいのかはわからないけれど、私は胸を熱くしていた。

十三歳――。

IUGPの計画は続いた。前年の打ち上げで得たデータを元にして、本格的な人工衛星の打ち上げに着手する。

十五歳――。

メンバー全員は英語を完全にマスターする。

十八歳――。

さらに高度な人工衛星を製作し、再び打ち上げる。

二十二歳——。

お兄ちゃんたちはＪＡＸＡに入社。ついに本物の人工衛星の打ち上げに関わることになる。

二十四歳。

私が二十二歳になるのを待って、ＩＵＧＰメンバーは宇宙へ向かう。

以上、タキマルノートより。

お兄ちゃんはＩＵＧＰのリーダーとして、常日頃から私たちに様々な指令を下した。

——宇宙に行くためには、しっかりした体力づくりが必要である。各自、身体を鍛えておくように。

回ってきた変な紙のようなものに、汚い字でそう書いてあった。

お兄ちゃんは腕立て伏せや腹筋を始めた。私もマネをして腹筋をした。夕飯後の食卓で、お兄ちゃんは一人だけスクワットやストレッチをやりながら、お笑い番組を観て笑っていた。

合同訓練をすることもあった。訓練といっても、神社の石垣を上る競争をするとか、自転車で誰がいちばん早く図書館に到着できる競争とか、コーラの一気飲み競争とか、そういうものだ。だいたいはお兄ちゃんが優勝し、タキマル君が続き、私とブッチーが最下位争いをした。かと思えば、

「宇宙へ行くには、勉強だ。勉強第一！」

お兄ちゃんは急にそんなことを言った。

宇宙飛行士になるには数々の試験を乗り越える必要があり、相当勉強しなければならないらしい。

「何の科目？　算数？」

ブッチーが串に丸いカステラをいくつか刺した変なお菓子を食べながら訊いた。ブッチーの家に集まるとき、出てくるお菓子は何故だかいつも、串に刺さっていた。

「やっぱり理科とかじゃない？」

タキマルくんが鉛筆をくるっと回しながら言った。

「外国の人たちと一緒に行くから、英語とかもかな？」

私も串に刺したカステラを食べながら答えた。

「いや、算数も理科も国語も社会も、全部まんべんなく必要なんだ。だけど宇宙飛行士は、すべての勉強が完璧にできなきゃいけないってわけじゃない」

知っているかのように、お兄ちゃんは言った。

「チームで宇宙に行くんだ。なにかひとつだれにも負けない得意分野をもてばいい。チームとしてお互い助けあって、宇宙を目指すんだよ」

多分、お兄ちゃんはどこかでそういう小学生用のQ&Aみたいなものを、聞きかじっていたんだろうと思う。だけど当時の私はその言葉に、深く感心してしまった。

「お前は算数をやれ」

「うん」

「タキマルは理科、ブッチーは国語、おれは社会だ」

IUGPのメンバーはそれぞれの科目で九十点以上取ることを義務とし、できれば百点満点を目指すことになった。

お兄ちゃんの指令に、私はめちゃめちゃやる気になっていた。勉強というものを、主体的にやるなんて初めてのことだった。みんなで密かに計画を企て、その実現に向けて一丸となるなんてことも初めてだった。

「お兄ちゃん、これ」

百点を取った算数のテストを広げて見せると、お兄ちゃんは満面の笑みを浮かべて褒めてくれた。

「いいぞ希美。ＩＵＧＰで必要になるいろいろな計算は、お前に任せた。これからも算数だけはガンバレよ」

自分が担当する社会でノルマを達成できなかったことに、お兄ちゃんは一切触れなかった。

「おれは体育と、あと中学になったら英語も完璧にやるからな」

だけど私はその言葉に深く感心した。正直、社会はあんまり関係ないだろう、と思っていたし、体育と英語という大事な科目を二つ、お兄ちゃんは受け持つと言っているのだ。

私は算数だけはとにかく頑張り続けようと思った。タキマルくんは、理科やその他の科目でも、しっかり九十点台を叩き出して、お兄ちゃんに毎回褒められていた。ブッチーは全く点が伸びず、私とタキマルくんは不安に思ったけど、お兄ちゃんはそれについて何一つ文句を言わなかった。

ある日。タキマルくんのノートに、いつもより丁寧な字で、ちょっと長めの文章が書き込まれていた。

――IUGPけんしょう

「これがIUGPの正式なルールだ」

と、お兄ちゃんが言った。お兄ちゃんとタキマルくんが二人で考え、それをノートにまとめてきたらしい。書いてある内容は次の通りだった。

一、われわれはいつか宇宙に行くために、ここでぎじゅつをみがき、またデータを集め、がんばることをちかう。ただし、われわれはここでえたぎじゅつを、軍事利用しないことをちかう。

二、われわれはここで得たひみつを、だれに聞かれても言わないことをちかう。ただし、平和やかんきょうのために、われわれのひみつやぎじゅつが必要なときには、せっきょくてきに言う。

三、まんがいち全員が宇宙に行けなかったときは、ちきゅうにのこったものに、かならずおみやげをもってくることをちかう。

星子篤志——、滝丸祐二——、出淵敬——、——星子希美——。

私たちは一人ずつその「IUGPけんしょう」を読み上げ、神妙な顔をしてサインをした。

私は、このとき初めて「タキマル」が苗字だということを知った。「ブッチー」の本名が出淵というのも初めて知った。

「けんしょう」の内容は、小三の私にも理解ができた。何となく、その崇高な志のようなものも理解できた。「われわれは」のところが宇宙人ぽいな、と思ってちょっと面白かった。お兄ちゃんとタキマルくんの宇宙への強い思いが伝わってきて、私も頑張ろうという気持ちになった。

それからあとひとつ——私は密かに思った——宇宙のおみやげってなんだろう？　もしも私がみんなに置いていかれても、お兄ちゃんはきっと、宇宙から私へのおみやげを持って帰ってきてくれる。昔、山でクワガタを採ってきてくれたように。

宇宙のおみやげというのがどういうものかわからなかったから、何となく私は宇宙クワガタのようなものを想像していた。

「いよいよだな」

「ああ」

「ウヒョー！」

お兄ちゃんたちが小学六年生になってすぐ、四月の土曜日だった。

私たちは街で一番高い、大丘というところに登った。大丘には小ぢんまりとした公園があり、その公園の真ん中に寂れた展望台が建っている。その展望台のらせん状の階段を、私たちはゆっくりと上った。

「おれたちの街って、意外ときれいだな」

と、お兄ちゃんが言った。

展望台に立つと、私たちの住んでいる街が眼下に広がった。小さな小学校が見えて、小さな図書館も見える。そこは、私たちの小さな世界の中で、宇宙にもっとも近い場所だった。

「うん、きれいだ」

と、タキマルくんが言った。

眼下に広がるオモチャみたいな街並みが、きらきらと光っていた。小さな私たちの思いを祝福するように、空は青く晴れ渡っている。

「小学生で人工衛星を飛ばそうなんて考えるヤツはいない」

お兄ちゃんは誇らしげだった。

「今、この時点で、おれたちは宇宙にいちばん近い小学生なんだ。だから、このまま宇宙を目指し続ければ、必ず、宇宙に行けるはずだ」

お兄ちゃんの言葉を、私は信じていた。ウソみたいだな、と思いつつ、心の底から信じていた。

お兄ちゃんとタキマルくんが持っている人工衛星は、春休みの一週間を使って、みんなで作り上げた自信作だ。

とは言っても、それは、お兄ちゃんがタキマルくんにあげた模型の人工衛星に、ヘリウムガスを詰めた風船を四つ取り付けただけのものだ。四つの風船にはそれぞれ「I」「U」「G」「P」の文字がサインペンで描かれており、タキマルくんが考えた☆マークのデザインが採用されていた。

その人工衛星は、名前を『ノゾミ』といった。「お前は算数、頑張ったからな」と、お兄ちゃんが私の名前をつけてくれた。

――これは、どこからどう見たって間違いなく人工衛星だ。

『ノゾミ』が完成したとき、お兄ちゃんとタキマルくんは力強く言った。

――何だって、最初はこういうところから始めるんだ。次の打ち上げのときはカメラを付ける。そしてその次は通信できるようにする。今回の『ノゾミ』は小さな一歩だけど、人類にとっては偉大な一歩なんだ。

その展望台で、私たちはしばらく、私たちの大切な一号機を見つめた。

「じゃあ、そろそろ始めるか」

「ああ」

「ブッチー、例のものを」

「らじゃあ！」

いよいよ打ち上げとなったとき、ブッチーがぶら下げていた水槽をお兄ちゃんに渡した。お兄ちゃんが水槽の蓋を開けて、カエルを一匹、取り上げた。

アメリカのマーキュリー計画では、ハムという名前のチンパンジーがロケットに乗ったらしい。今から考えると、ちょっと申し訳ないな、と思うのだけれど、人工衛星ノゾミには、カエルが一匹搭乗することになっていた。

カエルは「マゼラン艦長」と名付けられた。模型をうまく改造して、艦長のためのスペースも作ってあった。

「敬礼！」

私たちは模型の内部に入れられたマゼラン艦長に敬礼する。

それから私たちは、『ノゾミ』を天にかざした。重力の呪縛から逃れようと、『ノゾミ』は浮上しようとする。逃れられないマゼラン艦長は、あきらめてじっとしている。

「カウントダウン！」

と、お兄ちゃんが叫んだ。

「十、九、八、」

みんなで声を揃えた。

「七、六、五、」

タキマルくんの声が上ずっていた。

「四、三、二、」

なぜか指でカウントをとっていた。

「一――、」

そして私たちは、その時を迎える。

「ゼロ！」

人工衛星『ノゾミ』は私たちの手から離れ、青い空に向かって飛び立った。

「行けー！」

「艦長——！」

「ウヒョオオオー」

お兄ちゃんが六年生に、私が四年生になったばかりの春だった。

星子という名を持つ私たち兄妹が、一番宇宙に近付くことができたのは、あの瞬間だった。

空——。

どこまでも青く澄んだ空と、そこに吸いこまれていく人工衛星の光景を、私は今でも思いだせる。

私たちの思いを、吸いこんで、吸いこんで、一点に凝縮し、やがて無に帰すような、あんなに大きく深い空を、私はあの日以来、見たことがない。

小学生だった私は生まれて初めて、悲しかったり痛かったりしたこと以外のことで、泣きそうな気分になっていた。

☆

健一のヤキトリが宇宙に飛び立ったこととと、ＩＵＧＰが展望台で空を見上げたことが、同じだと言ったらちょっと失礼だろう。

でも、健一がそう感じたのと同じように、あのとき私とお兄ちゃんは、宇宙に一番近付けた気がしていた。

——それでね、健一、

私はさっき言いかけたことを、もう一度言おうとした。どうやって伝えれば、健一を一番驚かせることができるんだろう——だけどそれを言う前に、健一から質問が飛んできた。

「ところでさ、お前の兄貴って、今何してんの？」

「ん？　ああ……」

春に人工衛星を打ち上げて、それから一つの時代が終わったみたいに、ＩＵＧＰの活動は縮小していった。私は新しいクラスで仲のいい友だちができ、女の子と遊ぶことも多くなっていた。

仲の良すぎる兄妹が、思春期にその反動で急速に疎遠になったりすることは、よくあることなんだろうか……。

お兄ちゃんが中学に入ると、それまでのように私たちが一緒に遊ぶことはなくなった。特に用事がない限り、口を利くことすらなかったように思う。

お兄ちゃんは中学では野球部に入った。もともと運動神経が良かったのもあり、県大会で三位になるなど、結構イイ線をいっていたらしい。高校に入ってからは、しばらく野球を続けていたけど、いつの間にか止めてしまい、今度は自転車であちこちにキャンプに行くようになった。

高校を卒業してから、お兄ちゃんは日本全国をさすらうように転々とした。当たり前だけど、私はもう、それに付いていこうとは思わなかった。

ほとんど家にいないお兄ちゃんの部屋を、私はときどき覗いた。小学生の時にお父さんに貰った宇宙のポスターが貼ったままになっていて、たまにそれを眺めては、お兄ちゃんのこと、そして自分の将来のことをぼんやり考えた。

「お兄ちゃんは今ね、小笠原にいるよ」

「小笠原!?」

お兄ちゃんは今、小笠原に住んでいた。全国各地を回っているときに訪れたその島をすっかり気に入ってしまい、そのまま住むことにしたらしい。彼は旅の終着駅に、そこを選んだのだろう。

仕事はいろいろやっているようだが、観光ガイドのようなことをしていると聞いた。

夜になると、あきれるほど星の見える丘に観光客を連れて行き、寝転がって星を見るお客さんの傍らで、ギターを弾いたりしているらしい。

お兄ちゃんらしいな、と思う。この季節、小笠原は星がきれいなんだろう。都会では見ることのできない星の粒を目にしながら、お兄ちゃんは空に消える人工衛星のことを思いだしたりするのだろうか……。

「へー、小笠原かー。いいなあ」

健一はビールを飲み、ミックスナッツをつまんだ。

「最近は会ったりしてるの？」

「ううん、ずっと会ってない。最後に会ったのは、三年前かな」

お兄ちゃんの顔を最後に見たのは、私が今の設計事務所に勤めだして間もない頃だった。日焼けして精悍な顔つきに変貌したお兄ちゃんは、白い歯を光らせて「希美、お前頑張ったな」と言った。

私の中に、とても小さく、ＩＵＧＰの魂が生きていたのかもしれない。

算数だけは頑張ろう、と思っているうちに、それが数学に変わり、いつの間にか私は理系の大学に進学していた。それから建築士の資格を取り、設計の仕事をするようになった。

ウチュウ・グランプリの魂はきっと、私をどこかで守り続け、また今の仕事に導いてくれた。でも、IUGPの魂をしっかりと守り抜いてきたのは、私だけじゃなかった。

☆

三年前、私とお兄ちゃんが再会したのは、ある集まりがきっかけだった。その集いにはIUGPのメンバーもやって来ていた。

「希美ちゃん、久しぶりー」

「あー！」

小学生の時以来、まともに会ったことなんてなかったけれど、一目でわかった。

「タキマルくん!!」

あまりに懐かしすぎて、私たちは爆笑するみたいに再会を喜んだ。

クールでクレバーなタキマルくんは、驚くほどにオシャレになっていた。黒のスーツとグレーのネクタイで決めたタキマルくんは、あの頃と全く変わらない優しい笑顔をしている。

「はいこれ」

と、タキマルくんは私に名刺をくれた。

——デザイナー　滝丸祐二——　タキマルくんはアート系の専門学校を卒業して、広告プロダクションに三年間勤め、その後独立して、今はフリーランスでグラフィックデザイナーをやっているらしい。

「へー、すごいねー」

名刺には☆がちりばめられていた。それは、IUGPの活動日誌ともいえるタキマルノートの表紙を彷彿とさせた。

「おー、タキマル、久しぶりだな。黒、似合ってるぜ」

「黒いのは、お前だろー！」

真っ黒に日焼けしたお兄ちゃんが、現れた。

タキマルくんはお兄ちゃんと会うのも久しぶりだったらしく、「へー、小笠原かー、いいなあ！」などと言いながら、兄の近況を根ほり葉ほり聞き始めた。

二人が話しているのを眺めているだけで、私はなんだか幸せな気分になれた。

昔は本当に、この二人のことを小学生界最強コンビだと思っていた。私とブッチーは求心力のある二人の周りを回る、単なる人工衛星みたいな存在だったのだ。

「ウヒョー、みんな集まってんじゃん！」

懐かしい、今日の主役の声が聞こえた。

「おお、ブッチー！」

振り向くと、青いジャージを着たブッチーが立っていた。

「お前、ジャージで来んなよ」

「いや、まあ地元に帰ってきたときくらい、のんびりしたくてさ」

「けど今日は、お前の壮行会なんだぜ」

「そうだっけ？　じゃあ、脱ぐよ」

「脱いでも変わんねえよ」

私たちは、うはははは、と爆笑し、ビールとヤキトリを頼んだ。乾杯をして、Tシャツ姿になったブッチーの肩をばんばん、と叩く。

驚いたことに――本当に、驚くべきことなのだが――、ブッチーはもうすぐ宇宙飛行士になる。そのためにもうすぐアメリカに旅立つのだ。

「いやー、しかし、まさか本当に宇宙に行くやつが現れるとはなあー」

ビールを飲みながら、お兄ちゃんが言った。

「いや、まだ向こうに行って訓練を受けるところまでしか、決まってないから」

ブッチーは大あわてで手を振った。ブッチーはこれからＮＡＳＡに行くらしい。いろいろな訓練や試験を経て、その後宇宙に行けるかどうか決まるらしい。

小学生のとき、ブッチーの頭の中はまだ茫漠としていた。お兄ちゃんの兵隊みたいだったブッチーの考えていることは、私たちにはよくわからなかった。だけどブッチーはその後、誰よりも強くそれを信じ続け、また努力し続けたのだろう。

ヤキトリを頬張りながら、お兄ちゃんはぐびぐびぐび、とビールを飲んだ。

「いや、ブッチー！　お前なら必ず宇宙に行ける。おれらを代表して行ってこいよ」

うははは、と笑いながら、お兄ちゃんはブッチーの頭をぐしゃぐしゃとやった。お兄ちゃんは言ってみれば無職のさすらい人みたいな存在のくせに、この四人で揃うとやっぱりリーダーになっていた。

「あ、お前、宇宙に行くときには、これをシャトルにこっそり貼ってくれよ」

タキマルくんは小さなステッカーを出して、ブッチーに渡した。

「いや、まだ行けるとは決まってないって。それに貼れないって」

ブッチーはまた手を振って、否定したけど、そのステッカーには食い付いていた。

「あれ？　これって……」

「おう、家でちゃっちゃっと作ってきたよ」

私の胸は懐かしさでいっぱいになった。そこには☆でできた「ＩＵＧＰ」のロゴマークが印刷されている。そう言えばタキマルくんは、いつかこのロゴマークのステッカーをつくるんだって嬉しそうに言っていた。

「シャトルには貼れないけどさ……でも、おれの荷物のどこかに貼って……必ず一緒に宇宙に行くよ」

「なんだよ、お前。まだ決まってないとか言って、やっぱり行く気まんまんじゃねぇかよ」

お兄ちゃんはぐびぐびとビールを飲み、だん、とジョッキを置く。

「そりゃあ、そうだよ。全力を尽くすよ」

あの頃とは違う、頼もしい顔をして、ブッチーは笑った。

「ねえ、」

と、私は言った。

「宇宙に行ったら、マゼラン艦長によろしくね」

「うん、伝えとくよ」

私たちは、うはははははは、と笑った。

「あとさ、大事なことがある」

お兄ちゃんがマジメな顔をした。

「お前が得た知識や技術を、軍事利用しちゃだめだぞ」

「ああ、もちろんだよ。憲章にサインしたからな」

私たちはまた爆笑した。

「しかし、まさか本当に宇宙に行くやつが現れるとはなあー」

その日、お兄ちゃんはべろんべろんに酔っぱらっていた。私たちはブッチーが必ず宇宙に行くものだと決めつけていた。

「まさか本当に、とか言うけど、あの頃は本当に自分が行くと思ってただろ？」

と、タキマルくんが言う。

「……そうだな」

と、お兄ちゃんは頷き、私も心の中で頷く。

「ブッチーは偉いよな」

「そうだよな。凄えよ」

ウヒョー、とか言っていたブッチーが、どんなふうに思いを継いで、どんなふうに努力をしてきたのか、私たちは知らない。

家に行くと必ず串に刺したお菓子を食べていたブッチーは、私たちの誰より純粋にその志を守り続け、また目の前の幾多の困難から逃げずに、それらを乗り越えてきたのだろう。

「偉いとかじゃないけど……、でもみんなを代表して、頑張ってくるよ。必ず、宇宙に行くから」

「おう、ガンバレよ」

「頑張って！」

「軍事利用するなよ」

私たちは握手して、それからブッチーのサインを貰った。サインなんかするの初めてだよ、と、ブッチーは人懐っこい顔をして笑っていた。

☆

そしてそれが実現したのは、今から一年くらい前のことだ。

ブッチーこと出淵敬は、宇宙飛行士として宇宙に飛び立った。健一たちにヤキトリをリクエストしたのは多分、彼なのだろう。

私たちの中で、いちばん宇宙に近付いたというか、本当に宇宙に行ってしまったブッチーは、今は地上で忙しい日々を送っているらしい。ときどき日本に来ることもあるようだが、会えたことはない。

「あー、おれも、小笠原行ってみてーなー」

健一はあの日のお兄ちゃんみたいに、すっかり酔っぱらっていた。ビールをぐびぐび飲み、またお代わりを頼む。私も喉が渇いてきたので、一緒にビールを頼んだ。

「あのね、」

と、私は言った。どうやって話せば、健一を一番驚かせられるんだろう、と考えながら、ミックスナッツをかじる。

インターナショナル・ウチュウ・グランプリは偉大な人材を輩出したけど、でもそれだけじゃなかった。私やお兄ちゃんやタキマルくんの中にも、あのとき見上げたウチュウが息づいている。健一が私のおかげで今の会社に入ったと言うなら、健一の中にも、私たちのウチュウが息づいている。人工衛星『ノゾミ』を飛ばしたのは、やっぱり偉大な一歩だったのだ。

健一がお土産にくれた『Space Negima』を、私は見つめる。

そしてゆっくりと、気付いていった。

私たちの物語が、十五年以上の時を経て繋がり、青い空に吸いこまれる人工衛星のように、やがて一点に収束していく。

——まんがいち全員が宇宙に行けなかったときは、ちきゅうにのこったものに、かならずおみやげをもってくることをちかう。

私は胸がいっぱいになって、泣きそうになってしまった。

ブッチーは宇宙食として、ヤキトリをリクエストした。その開発に携わった健一が、今日、お土産としてそれを私にくれた。

『Space Negima』は、ブッチーからのお土産なのかもしれない。

凄く遠回りしたけど、今、私の手の上にあるそれは、確かに、地上に残った私たちへのお土産だ。ＩＵＧＰの三つ目の約束は今日、こんなところで果たされた——。

私は目をこすり、少しだけ洟をすすった。それからまたミックスナッツをかじり、氷しか残っていないグラスを傾ける。また目をこすり、洟をすする。

「ねえ、健一、ねえ、」

やがて私は健一に話しかける。健一の肩にもたれかかりたくなるのを、ぐっとこらえながら。

「ん？　なに？」

「あのねー、凄いよー」

「だからなにが？」

「えっとねー、」

さっきまで泣きそうだったんだけれど、今度は嬉しくなってしまい、笑いを堪える。

「ねえ、」

「うん？」

「宇宙に行ったカエルの話って、知ってる？」

「なにそれ？」

ビールが二つ、私たちの前に届いた。

大きな空を見上げるような気持ちで、私はようやく、その話を始めた。

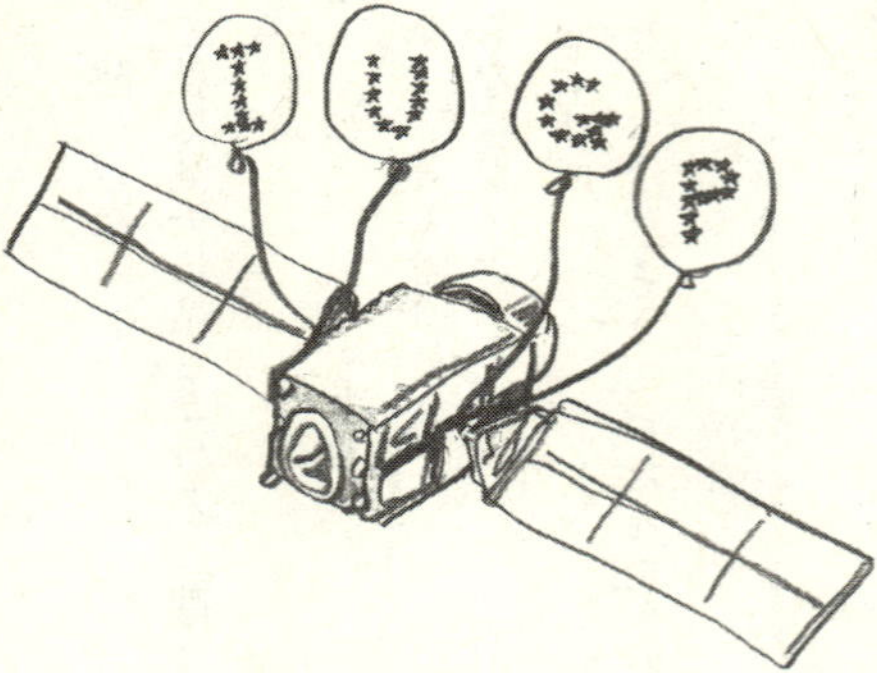
I
U
C
P

初出一覧

辻村深月「宇宙姉妹－1992年の秋空－」

『We are 宇宙兄弟　Vol.1』

向井万起男「ウィキペディアより宇宙のこと、知ってるよ①～④

『We are 宇宙兄弟　Vol.2～5』

福田和代「メンテナンスマン！－つむじの法則－」

『We are 宇宙兄弟　Vol.2』

高橋源一郎「似てないふたり」

『We are 宇宙兄弟　Vol.2』

常盤陽「一九六〇年のピザとボルシチ」

『We are 宇宙兄弟　Vol.3』

本谷有希子「無重力系ゆるふわコラム　かっこいい宇宙？」

『We are 宇宙兄弟　Vol.1』

宮下奈都「楽団兄弟」

『We are 宇宙兄弟　Vol.4』

ダ・ヴィンチ・恐山「『アポロ13』 借りてきたよ。」

『We are 宇宙兄弟　Vol.5』

中村航「インターナショナル・ウチュウ・グランプリ」

『We are 宇宙兄弟　Vol.5』

宇宙小説《うちゅうしょうせつ》

we are 宇宙兄弟《うちゅうきょうだい》！ 編

© we are Space brothers！2012

2012年３月15日第１刷発行
2012年４月10日第２刷発行

発行者——鈴木　哲
発行所——株式会社　講談社
東京都文京区音羽2-12-21　〒112-8001
電話　出版部（03）5395-3510
　　　販売部（03）5395-5817
　　　業務部（03）5395-3615

Printed in Japan

講談社文庫
定価はカバーに
表示してあります

デザイン—菊地信義
本文データ制作—共同印刷株式会社
印刷———共同印刷株式会社
製本———株式会社国宝社

落丁本・乱丁本は購入書店名を明記のうえ、小社業務部あてにお送りください。送料は小社負担にてお取替えします。なお、この本の内容についてのお問い合わせは文庫出版部あてにお願いいたします。
本書のコピー、スキャン、デジタル化等の無断複製は著作権法上での例外を除き禁じられています。本書を代行業者等の第三者に依頼してスキャンやデジタル化することはたとえ個人や家庭内の利用でも著作権法違反です。

ISBN978-4-06-277234-1

講談社文庫刊行の辞

二十一世紀の到来を目睫に望みながら、われわれはいま、人類史上かつて例を見ない巨大な転換期をむかえようとしている。

世界も、日本も、激動の予兆に対する期待とおののきを内に蔵して、未知の時代に歩み入ろうとしている。このときにあたり、創業の人野間清治の「ナショナル・エデュケイター」への志を現代に甦らせようと意図して、われわれはここに古今の文芸作品はいうまでもなく、ひろく人文・社会・自然の諸科学から東西の名著を網羅する、新しい綜合文庫の発刊を決意した。

激動の転換期はまた断絶の時代である。われわれは戦後二十五年間の出版文化のありかたへの深い反省をこめて、この断絶の時代にあえて人間的な持続を求めようとする。いたずらに浮薄な商業主義のあだ花を追い求めることなく、長期にわたって良書に生命をあたえようとつとめるところにしか、今後の出版文化の真の繁栄はあり得ないと信じるからである。

同時にわれわれはこの綜合文庫の刊行を通じて、人文・社会・自然の諸科学が、結局人間の学にほかならないことを立証しようと願っている。かつて知識とは、「汝自身を知る」ことにつきていた。現代社会の瑣末な情報の氾濫のなかから、力強い知識の源泉を掘り起し、技術文明のただなかに、生きた人間の姿を復活させること。それこそわれわれの切なる希求である。

われわれは権威に盲従せず、俗流に媚びることなく、渾然一体となって日本の「草の根」をかたちづくる若く新しい世代の人々に、心をこめてこの新しい綜合文庫をおくり届けたい。それは知識の泉であるとともに感受性のふるさとであり、もっとも有機的に組織され、社会に開かれた万人のための大学をめざしている。大方の支援と協力を衷心より切望してやまない。

一九七一年七月

野間省一

講談社文庫 最新刊

赤川次郎　輪廻転生殺人事件
「たたりだ」と呻《うめ》き倒れた人望厚き老警部はかつて無実の人間を自殺に追い込んでいた。

宇江佐真理　富子すきすき
江戸の女は粋で健気。夫・吉良上野介を殺された、富子。妻から見た「松の廊下」事件。

伊集院静　お父やんとオジさん(上)(下)
祖国に引き揚げた妻の両親と弟の窮状を救うために戦場に乗り込んだお父やん。感動巨編。

井上靖　わが母の記
老いてゆく母の姿を愛惜をこめて綴る三部作。世界を感動で包んだ昭和日本の家族の物語。

姉小路祐　署長刑事《デカ》　時効廃止
時効廃止で動き出す新たな事件。人情派キャリアを描く、シリーズ第二弾。〈文庫書下ろし〉

神崎京介　天国と楽園
女性を知らずに19歳で事故死した弟が、お彼岸の3日間だけ生き返る!?〈文庫オリジナル〉

伊東潤　疾《はや》き雲のごとく
戦国黎明期を舞台に、北条早雲が照らし出す名だたる武将たちの光と影を描いた名篇集。

高任和夫　江戸幕府　最後の改革
経済危機に陥った巨大企業〝江戸幕府〟で懊悩する二人の奇才武士。著者初の歴史企業小説!

鏑木蓮　時限
物言わぬ首吊り死体が秘めた真相に迫る京都府警・片岡真子に迫るタイムリミットとは?

鈴木仁志　司法占領
TPP導入の次はアメリカによる司法占領か? 現役弁護士による、瞠目のリーガルノベル。

はるな愛　素晴らしき、この人生
№1ニューハーフがテレビでは言えなかった、恋と性と家族の真実! 衝撃の自伝!

三浦明博　感染広告
CMにひそむ、「悪魔の仕掛け」とは? コンセプトは、口コミによる「感染爆発」!

東直子　さようなら窓
眠れぬ夜、恋人が聞かせてくれたのは少し不思議なお話だった。心に残る12の連作短編集。

講談社文庫 最新刊

内田康夫　化生の海
北前航路がつなぐ殺された男をたどるルート。日本列島縦断、浅見光彦が大いなる謎に挑む！

森　博嗣　タカイ×タカイ〈CRUCIFIXION〉
死体は、地上十五メートルの高さに「展示」されていた。西之園萌絵の推理はいかに。

楡　周平　血戦〈ワンス・アポン・ア・タイム・イン・東京2〉
義父と娘婿、姉と妹。骨肉の争いはいよいよ衝撃の決着へ！　前作『宿命』をしのぐ大傑作。

大沢在昌　新装版　走らなあかん、夜明けまで
企業秘密の新製品が、やくざに盗まれた！　日本一不幸なサラリーマンが大阪を駆ける。

江上　剛　リベンジ・ホテル
ゆとり世代の大学生・花森心平。内定を得たのは、破綻寸前のホテル!?〈文庫書下ろし〉

睦月影郎　新・平成好色一代男　元部下のOL
真面目男の単身赴任は甘美な冒険の日々だった。週刊現代連載の絶品連作官能10話を収録。

大山淳子　猫弁〈天才百瀬とやっかいな依頼人たち〉
TBS・講談社ドラマ原作大賞受賞作早くも文庫化。涙と笑いのハートフル・ミステリ誕生！

アダム徳永　スローセックスのすすめ
男性本位の未熟なセックスから、男女が幸福になれるセックスに。もうイクふりはしない。

楠木誠一郎　火除け地蔵〈立ち退き長屋顚末記〉
立ち退きに揺れる弥次郎兵衛長屋。残ったのは誰かを待ってる者ばかり。〈文庫書下ろし〉

中原まこと　笑うなら日曜の午後に
ゴルフトーナメント最終日、研修生時代を共に過ごした二人が因縁の対決。〈文庫書下ろし〉

深見　真　猟犬〈特殊犯捜査・呉内冴絵〉
鍛え上げられた身体の、クールな女刑事。バイオレンス、性倒錯、仮想現実が交錯する。

we are 宇宙兄弟！編　宇宙小説
人気漫画『宇宙兄弟』が小説になった！　宇宙飛行士の夢は永遠だ！〈文庫オリジナル〉

田丸公美子　シモネッタの本能三昧イタリア紀行
竹内　明　秘匿捜査〈警視庁公安部スパイハンターの真実〉
陳　舜臣　阿片戦争　全三冊
陳　舜臣　中国五千年　(上)(下)
陳　舜臣　中国の歴史　全七冊
陳　舜臣　中国の歴史　近・現代篇　(一)(二)
陳　舜臣　小説十八史略　全六冊
陳　舜臣　琉球の風　全三冊
陳　舜臣　獅子は死なず
陳　舜臣　小説十八史略　傑作短篇集
陳　舜臣　神戸　わがふるさと
陳　舜臣　新装版　新西遊記　(上)(下)
張《チャン》　仁《イン》淑《スク》　凍れる河を超えて　(上)(下)
筒井康隆　ウィークエンド・シャッフル
津島佑子　火の山——山猿記　(上)(下)
津村節子　智恵子飛ぶ
津村節子　菊日和
津本　陽　塚原卜伝十二番勝負
津本　陽　拳豪伝

津本　陽　修羅の剣　(上)(下)
津本　陽　勝つ極意　生きる極意
津本　陽　下天は夢か　全四冊
津本　陽　鎮西八郎為朝
津本　陽　幕末剣客伝
津本　陽　武田信玄　全三冊
津本　陽　乱世、夢幻の如し　(上)(下)
津本　陽　前田利家　全三冊
津本　陽　加賀百万石
津本　陽　真田忍侠記　(上)(下)
津本　陽　歴史に学ぶ
津本　陽　おおとりは空に
津本　陽　本能寺の変
津本　陽　武蔵と五輪書
津本　陽　幕末御用盗
津村秀介　洞爺湖殺人事件
津村秀介　水戸の偽証〈三島着10時31分の死者〉
津村秀介　浜名湖殺人事件〈富士—博多間37時間30分の謎〉
津村秀介　琵琶湖殺人事件〈ハイパー有明14号「13時45分」の死角〉

津村秀介　猪苗代湖殺人事件
津村秀介　白樺湖殺人事件〈Ｌ特急「あずさ13号」空白の接点〉
司城志朗　恋ゆうれい
土屋賢二　哲学者かく笑えり
土屋賢二　ツチヤ学部長の弁明
土屋賢二　人間は考えても無駄である〈ツチヤの変客万来〉
塚本青史　呂后
塚本青史　王莽
塚本青史　光武帝　(上)(中)(下)
塚本青史　張騫
塚本青史　凱《がい》歌《か》の後《のち》
塚本青史　始皇帝
塚本青史　三国志　曹操伝〈落暉の洛陽〉　上
塚本青史　三国志　曹操伝〈群雄の彷徨〉　中
塚本青史　三国志　曹操伝〈赤壁に決す〉　下
辻原　登　マノンの肉体
辻原　登　円朝芝居噺　夫婦幽霊
辻村深月　冷たい校舎の時は止まる　(上)(下)
辻村深月　子どもたちは夜と遊ぶ　(上)(下)

講談社文庫　目録

2012年3月15日現在